Die drei ???

Eine schreckliche Bescherung

erzählt von Marco Sonnleitner

KOSMOS

Umschlagillustration von Andreas Ruch, Düsseldorf
Umschlaggestaltung von der Peter Schmidt Group, Hamburg,
auf der Grundlage der Gestaltung von Aiga Rasch (9. Juli 1941–24. Dezember 2009)

Unser gesamtes lieferbares Programm und
viele weitere Informationen zu unseren Büchern,
Spielen, Experimentierkästen, Autoren
und Aktivitäten findest du unter **kosmos.de**

MIX
Papier aus verantwortungsvollen Quellen
FSC® C014138
FSC www.fsc.org

Gedruckt auf chlorfrei gebleichtem Papier

ISBN 978-3-440-16688-8
Redaktion: Anne Pagel
Lektorat: Nina Schiefelbein
Produktion und Satz: DOPPELPUNKT, Stuttgart
Druck und Bindung: Finidr, s.r.o., Cěský Těšín
Printed in Czech Republic / Imprimé en République tchèque

Die drei ???

Eine schreckliche Bescherung

1. DEZEMBER

Winterwunderland

»Ich liebe Weihnachten!« Peter Shaw blieb mitten im Eingang stehen und breitete die Arme aus. »Seht euch das an, Leute! Ist das nicht wunderschön?«

»Ey! Kannst du nicht aufpassen?« Ein junger Mann duckte sich gerade noch unter Peters Armen hinweg und warf ihm im Vorübergehen einen genervten Blick zu.

»Du hältst den ganzen Verkehr auf, Zweiter.« Bob Andrews zog seinen Freund ein Stück zur Seite.

»Wahnsinn, oder?« Peters Augen glänzten wie Christbaumkugeln. »Gigantisch!«

»Lasst uns reingehen, Kollegen.« Justus Jonas betrat die Eingangshalle von *Garcy's*. Peter folgte ihm mit einem lauten, glücklichen Seufzer.

Das erst vor wenigen Monaten in Santa Monica eröffnete Kaufhaus hatte tatsächlich keine Kosten und Mühen gescheut, sich in ein wahres Winterweihnachtswunderland zu verwandeln. Überall glitzerte, funkelte, strahlte und blinkte es. Unzählige

Watteschneeflöckchen baumelten von der Decke, Verkaufsstände versanken in Kunstschneebergen, weiß beflockte Plastikweihnachtsbäume wuchsen überall aus dem Boden, der natürlich ebenso weiß war und wie eine riesige Eisfläche glänzte. Hier türmten sich gewaltige Haufen mit kunterbunt verpackten Geschenken, dort begrüßten lebensgroße Plastikrentiere den Besucher mit einem fröhlichen »Hohoho!«, über den Rolltreppen schwebte eine Schar Engel mit Posaunen und Harfen, und alles, was sich dafür eignete, war mit Lametta, Christbaumkugeln und sonstigem weihnachtlichem Zierrat geschmückt. Dazu erhellten Unmengen an elektrischen Kerzen die Einkaufshallen, es roch nach gebrannten Mandeln, Zimt und Glühwein, und aus unsichtbaren Lautsprechern legte sich ein fröhlicher Klangteppich aus Weihnachtsliedern über die Kunden.

»*Ne-hext Chri-histmas, hmhmhmhmhm.*« Peter summte den Song mit, der gerade durch die Verkaufsräume hallte, tänzelte an einem Stand mit Weihnachtsbademode vorbei und ließ dabei den weißen Bommel seiner roten Mütze im Takt wippen.

»*Nicht hmhmhm. We will meet again*«, verbesserte ihn Justus. »Wenn du uns schon mit deinen Sangeskünsten foltern musst, dann richtig. Mehr Text hat das Lied eh nicht, das kannst sogar du dir merken.«

»*Hmhmhmhmhm*«, jaulte Peter und tippte eine Kette aus leuchtenden Minischneemännern an, die über dem nächsten Stand baumelten.

»Was wolltest du noch mal für deinen Onkel kaufen?«, fragte Bob und sah Justus an.

»Ich dachte an so ein Glöckchen zum Bimmeln.« Justus schlenkerte mit seiner Hand.

»Für seine jährliche Weihnachtsmannrunde?«

»Ja. Oder ein neues Bauchpolster. Das alte ist mittlerweile ziemlich platt, weil es sich Onkel Titus immer beim Fernsehen in den Nacken stopft.«

»Es gibt Weihnachtsmannbauchpolster?«, fragte Peter.

Der Erste Detektiv nickte. »Es gibt die Polster sogar für die Rückseite.«

»Die Rückseite? Gesäßpolster für einen stattlichen Weihnachtsmannhintern? Ich fasse es nicht!«

»Zum Glück braucht er so eines nicht.« Justus grinste. »Habt ihr schon alle eure Geschenke?«

»Mum meinte, dass ich für Dad noch nach einer Krawatte Ausschau halten könnte.« Bob fasste sich an den Hals und tat so, als würde ihn jemand erwürgen.

»Und du, Zweiter?«

»*Hmhmhmhmhm …*«

»Vielleicht Ohrenschützer für Kelly?«, witzelte Bob. »Damit sie dein grauenvolles Gekrächze nicht dauernd ertragen muss?«

Peter hörte augenblicklich auf zu summen. »Oh Gott! Kelly! Die habe ich ja völlig vergessen.« Sein Blick irrte durchs Kaufhaus. »So ein Mist! Und ich habe keine Ahnung, was ich ihr schenken soll. Sie hat doch schon alles. Habt ihr eine Idee?« Er sah seine Freunde flehentlich an.

»Schmuck kommt immer gut«, meinte Bob. »Vielleicht ein kleiner Diamantring?«

Peter lächelte gequält. »Ja genau. Warum nicht gleich 'ne Jacht oder eine eigene Insel?«

»Etwas zum Anziehen?«, überlegte Justus.

»Klar. Socken. Ich schenke meiner Freundin Socken zu Weihnachten.« Peter verdrehte die Augen. »Warum frag ich euch überhaupt?«

»Ich hab's. Schenk ihr doch ein Foto von dir.« Bob deutete nach vorne und grinste. »Kannst du gleich hier machen lassen. Du nett lächelnd auf dem Schoß von Santa Claus. Das ist wirklich mal was anderes. Und seeehr persönlich.«

Im hinteren Bereich der großen Einkaufshalle war eine Bühne errichtet worden, vor der in einem weiten Halbkreis zahlreiche Menschen standen, vor allem Eltern mit kleinen Kindern. Auf dem sehr üppig dekorierten, mit grünem Tuch ausgeschlagenen Podium saß ein prachtvoll gekleideter Weihnachtsmann auf einem roten Plüschsessel und lächelte rotwangig in die Menge. Zwischen Zuschauern und Bühne hatte ein Fotograf seine Apparaturen direkt vor dem Weihnachtsmann aufgebaut.

Gerade schob eine Mutter ihr sichtlich ehrfürchtiges Töchterchen die kleine Treppe an der Seite hinauf und bedeutete dem Mädchen gestenreich, dass es auf den Schoß von Santa Claus klettern sollte. Die Kleine näherte sich dem bärtigen Weihnachtsmann aber nur sehr vorsichtig und guckte sich immer wieder nach ihrer Mutter um. Es dauerte daher, bis sie endlich auf der roten Plüschhose saß.

»Zimtkeks!«, rief der Fotograf dem Kind zu. »Sag bitte laut Zimtkeks!«

Ängstlich und weiter den Blickkontakt zur Mutter suchend, starrte das Mädchen mit weit aufgerissenen Augen in die Kamera. Santa Claus holte einen golden verpackten Geschenkkarton mit blauer Schleife aus einem großen Sack, der rechts neben ihm stand, und drückte ihn der Kleinen in die Hand. Er machte »Hohoho!«, das Mädchen murmelte mit ausdruckslosem Gesicht »Zimtkeks« und der Fotograf flutete die Bühne mit seinem Monsterblitzlicht. Dann durfte das Mädchen wieder vom Schoß rutschen und lief auf schnellstem Weg zu seiner Mutter zurück.

Peter tat so, als überlegte er. »Wäre zumindest ein sehr witziges Geschenk. Aber mal ehrlich: Ich bin einen ganzen Kopf größer als das Weihnachtsmännchen da vorne. Wenn ich mich dem auf den Schoß setze, breche ich ihm alle Knochen.«

»So ein Foto gibt es von mir auch«, sagte Bob wehmütig. »Ich war drei oder vier und diese Aktion wurde damals in unserem Einkaufszentrum in Rocky Beach angeboten. Wisst ihr noch?«

»Ich hab geschrien wie am Spieß«, sagte Peter. »Erinnern kann ich mich daran zwar nicht mehr, aber das Foto von der Aktion sagt alles. Gibt es von dir auch so ein Bild, Erster? Vermutlich hast du mit dem Weihnachtsmann über die Unmöglichkeit von fliegenden Rentieren diskutiert, habe ich recht?«

»Nein.« Justus wirkte auf einmal irgendwie bedrückt. »Ich kann mich an nichts dergleichen erinnern.«

Bob legte seinem Freund kurz die Hand auf den Arm. Er ahnte, woran Justus denken musste. Zu der Zeit hatten seine Eltern noch gelebt, die wenig später bei einem Flugzeugabsturz ums Leben gekommen waren.

Plötzlich teilte sich der samtene, mit zahllosen goldenen Sternen besetzte Vorhang, der hinter der Bühne von der Decke hing. Links und rechts des Vorhangs hatten die Jungen schon vorher die riesigen Schaufenster bemerkt, hinter denen sich eine Art Weihnachtswerkstatt zu befinden schien. Jetzt hatten sie für einige Momente freie Sicht darauf. Dutzende von weihnachtlich verkleideten Wesen wuselten dort geschäftig hinter den Glasscheiben hin und her, schleppten Geschenke, bastelten, verpackten, banden Schleifchen. Es war wie ein Blick in eine andere Welt.

Dann traten zwei putzige Gestalten durch die Öffnung des Vorhanges, der sich hinter ihnen wieder schloss. Es waren als Weihnachtselfen verkleidete junge Männer, die einen vermeintlich schweren Sack auf die Bühne schleppten. Gelbe Strumpfhosen, grüne Jacke und grüne Mütze, spitze Ohren und eine Gesichtsmaske mit knallroten Bäckchen, die nur den Mund und die Kinnpartie frei ließ. Mit theatralischer Mühe wuchteten sie den Sack neben Santa Claus, der ihnen großväterlich zunickte. Dann verbeugten sich die beiden zum Publikum hin, nahmen den leeren Geschenkesack mit und hopsten vergnügt von der Bühne. Einige Kinder klatschten begeistert, Eltern freuten sich, die Elfen schlüpften wieder durch den Sternensamt.

Doch auf einmal entstand Unruhe unter den Zuschauern.

Bob sah nach links. »Was ist denn da los?«

Irgendjemand schien sich durch die Menschen zu drängen. Rufe der Empörung waren zu hören, Köpfe drehten sich. Ein Ehepaar in der vordersten Reihe wurde grob zur Seite gestoßen und ein weiterer Elf drängte sich zwischen den beiden in den freien Raum zwischen Zuschauern und Bühne. Er war deutlich größer und breiter als die zwei Elfen eben, ein erwachsener Mann, der kurz innehielt und zur Bühne starrte. Im nächsten Augenblick lief er los, sprang mit einem Satz auf das Podest und rannte direkt auf den Weihnachtsmann zu.

2. DEZEMBER

Angriff auf Santa Claus

»Hey! Was … was …?« Der Weihnachtsmann stützte sich auf die Armlehnen seines Sessels und richtete sich abrupt auf.

Der Elf stoppte kurz vor ihm, beugte sich hinab – und riss den Sack mit den Geschenken an sich. Ohne ein Wort hob er ihn hoch und wollte sich Richtung Vorhang davonmachen.

»Hallo? Was soll das werden?« Santa Claus packte den Elf an seiner Jacke. »Der Sack wurde eben ausgetauscht. Lass ihn hier!« Er stand auf und stellte sich dem Elf in den Weg.

Die Gestalt machte sich mit einer unwirschen Bewegung los und schwang den großen Jutesack auf den Rücken. »Geh mir aus dem Weg!« Mit einem Schritt nach rechts wollte er an dem Weihnachtsmann vorbei.

Die Umstehenden verstummten. Verwirrt beobachteten die Menschen die Vorgänge auf der Bühne. Einige Kinder sahen fragend zu ihren Eltern auf.

»Was … passiert da?« Peter legte die Stirn in Falten. »Gehört das zur Show?«

»Wäre aber sehr ungewöhnlich«, meinte Bob.

»Wie sprichst du denn mit mir?« Der Weihnachtsmann wedelte mahnend mit dem Zeigefinger und versperrte dem Elf abermals den Weg. »Stell diesen Sack wieder hin und geh an deinen Platz!« Er deutete demonstrativ nach hinten zur Weihnachtswerkstatt. »Sofort.«

Der Elf stieß den Weihnachtsmann gegen die Schulter, sodass der zurücktaumelte. »Hau ab!«

Erstaunte Rufe waren zu hören und Justus' Blick verfinsterte sich. »Ich kann mich nicht erinnern, diese Formulierung jemals in irgendeinem weihnachtlichen Text gelesen zu haben. Das ist definitiv kein Scherz.«

»Jetzt reicht es aber! Schluss mit dem Unfug!« Der Weihnachtsmann ging auf den Elf los und griff nach dem Sack. »Gib das sofort her! Das sind die Geschenke für die Kinder!«

»Finger weg!« Der Elf riss den Sack nach hinten und sah über die Schulter zum Publikum.

Peter blickte sich ebenfalls um. Einige Zuschauer lächelten verkrampft, als wüssten sie immer noch nicht, was sie von dem Schauspiel halten sollten, andere schienen empört, ein paar grinsten belustigt. Manche der Kinder drückten sich an ihre Eltern, ein kleiner Junge fing an zu weinen.

»Hey, das ist nicht lustig«, rief ein braunhaariger Mann.

»Gar nicht!«, stimmte ihm eine Frau mit rotem Schal zu. »Frechheit! Wir haben Weihnachten!«

Der Weihnachtsmann machte einen neuerlichen Versuch, an den Sack zu kommen, griff aber ins Leere. Der Elf schaute hektisch um sich. Dann wirbelte er herum, um vorne von der Bühne zu flüchten. Doch Santa Claus hatte damit offenbar gerechnet und schnitt seinem Widersacher auch hier den Weg ab. Der Elf hielt kurz an, stieß einen wütenden Laut aus und täuschte ein Ausweichen nach rechts an. Der Weihnachtsmann folgte der Bewegung, aber da rannte der Elf links an ihm vorbei. Dabei rempelte er sein Gegenüber so stark an, dass Santa Claus rückwärtsstolperte. Auf den rechten Rand der Bühne zu.

»Vorsicht!«, rief Bob.

Erschreckte Schreie ertönten, ein Kind rief laut »Mama!«. Und während der Elf vorne von der Bühne sprang, trat der Weihnachtsmann mit seinem nächsten Schritt ins Leere. Kurz ruderte er noch mit den Armen, dann fiel er rücklings und mit einem überraschten »Uff!« in den reich geschmückten Weihnachtsbaum, der dort an der Ecke des Podestes aufgebaut war.

»Verdammt!«, entfuhr es Peter.

Wie in Zeitlupe kippte der Baum. Es klingelte und klimperte, Christbaumkugeln zerplatzten am Boden, Lametta flog durch die Luft, ein schwarzer Stiefel ragte aus dem Plastikgrün. Viele Kinder fingen an zu weinen und zu kreischen, und schließlich schlug der Baum samt Santa Claus auf dem Boden auf.

»Er haut ab!« Justus deutete nach links, wo sich der Elf umdrehte und um die Bühne herum wieder Richtung Vorhang rennen wollte. Erschrocken wichen die Menschen zurück, die dort das Ende des Halbkreises bildeten. Eine Mutter konnte gerade noch ihren kleinen Sohn auf den Arm nehmen und den Kinderwagen zur Seite ziehen.

»Den Kerl schnappen wir uns!« Peter lief los.

Auch an dieser linken Ecke der Bühne stand ein großer Weihnachtsbaum, den der Elf erst umrunden musste. Das brachte ihn in die Nähe der drei ???, die so Boden gutmachten. Bob folgte dem Elf um den Baum herum, während Peter die Abkürzung über die Bühne nahm.

Justus entdeckte zwei Männer der Kaufhaus-Security, die gerade am Schauplatz des Geschehens eintrafen, und machte sie auf sich aufmerksam. »Dahin!« Der Erste Detektiv winkte hektisch. »Zur Weihnachtswerkstatt!«

Bob sah den Elf hinter dem Samtstoff verschwinden. Aber rechts von ihm hatte Peter bereits die Stelle des Vorhangs erreicht, durch die vorhin die beiden anderen Elfen mit dem Sack gekommen waren. Wenn er Glück hatte, würde er dem Kerl den Weg abschneiden.

Peter tastete hektisch die Stoffbahnen ab. Hier musste doch irgendwo der Durchlass – Ah! Mit einer schnellen Bewegung teilte er den schweren Samt und stand im nächsten Moment auf der anderen Seite des Vorhangs.

»Was zum – Hau ab da! Aus dem Weg!« Der Elf kam geradewegs auf ihn zu und scheuchte ihn mit einer Hand zur Seite.

»Keine Chance!« Peter ging in die Knie und bereitete sich auf den Aufprall vor.

Der Elf blieb verwundert stehen, atmete stoßweise. Ein Blick über die Schulter verriet ihm, dass da noch ein Verfolger war. Bob. »Na warte!« Der Elf nahm den Kopf runter und hielt auf Peter zu.

Aber der Zweite Detektiv hatte nicht wirklich vorgehabt, den Prellbock zu spielen. Kurz bevor ihn der Elf erreichte, fasste Peter in den Vorhang und schleuderte dem Angreifer mit aller Kraft einen großen Teil der schweren Stoffbahn entgegen.

»Ah – du Ratte!« Der Elf tauchte in den wallenden Samt. Peter sah noch, wie eine Hand in den Stoff fasste und nach Halt suchte. Im nächsten Moment ertönte ein hässliches Reißen und mit einem lauten Rauschen kam die ganze rechte Seite des Vorhangs von der Decke und begrub den Elf und Peter unter sich.

»Peter!« Bob eilte herbei. Vor ihm lag ein großes Knäuel aus rotem Sternensamt und zwei sich bewegenden Auswölbungen. »Wo bist du?«

»Hier.«

»Wo hier?« Bob schaute von einem lebenden Buckel zum anderen. Aus dem Augenwinkel bemerkte er Justus und die beiden Security-Leute sowie die fassungslose Menge vor der Bühne.

»Na hier!«

Aus dem Vorhang wuchs an einer Stelle ein spitzer Kegel. Peters Arm. Bob stürzte sich sofort auf den anderen Buckel, der sich aber genau in dem Augenblick zur Seite rollte. Unsanft landete der dritte Detektiv auf dem Vorhang.

»Bob! Da! Er entkommt!«, rief Justus.

Der dritte Detektiv drehte sich zur Seite und sah, wie der Elf unter dem Vorhang hervorkroch. Er rappelte sich auf – und in dem Moment öffnete sich die Tür zur Weihnachtswerkstatt. Der Elf hetzte dorthin, stieß einen Engel zur Seite, der erschrocken aufschrie, und verschwand in dem Atelierraum.

3. DEZEMBER

Sabotage?

»Ungeheuerlich! Un-ge-heu-er-lich!« Balthasar Puckle, der Chef von *Garcy's*, lief in seinem Büro auf und ab wie ein Tiger in seinem Käfig. Dabei gestikulierte er so wild mit seinen Händen und Armen, dass sich seine fedrigen, blonden Haare allmählich in ein wirres Vogelnest verwandelten. »Das ist Sabotage!«

Peter verdrehte innerlich die Augen. Seit zehn Minuten ging das nun so. Nach dem Vorfall hatten die beiden Security-Männer den Weihnachtsmann und die drei Jungs in Puckles Büro geführt und auch noch ihren Boss sowie die Leiterin der Personalabteilung hinzugerufen. Und das erste Wort, das Puckle hervorgebracht hatte, nachdem man ihm das Vorkommnis geschildert hatte, war »Sabotage« gewesen.

»Da steckt hundertprozentig dieser Krakowski dahinter. Dieser geleckte Gockel mit seinen Designerschuhen und den albernen Krawatten. Der versucht uns doch schon seit der Eröffnung mit seinen Dumpingpreisen zu ärgern. Und jetzt kann er es nicht ertragen, dass wir das viel schönere Winterwunderland haben.«

Die drei Detektive warfen sich skeptische Blicke zu. Owen Krakowski war der Chef des *South Coast Plaza*, des alteingesessenen Kaufhauses von Santa Monica. Aber würde der wirklich einen seiner Leute schicken, um den Santa Claus von *Garcy's* zu attackieren? Weil das das Weihnachtsgeschäft des Konkurrenten beeinträchtigen konnte?

»Ähm, Mr Puckle«, ergriff Justus das Wort. »Besteht nicht vielleicht auch die Möglichkeit, dass der Unbekannte irgendwelche kriminellen Motive verfolgte, die nichts mit der Rivalität Ihrer beider Kaufhäuser zu tun haben?«

»Hä? Unsinn.« Puckle schaute Justus an, als würden diesem Würmer aus den Ohren kriechen. »Das war ein Akt der Sabotage. Eindeutig.«

»Indem er den Weihnachtsmann angreift?«

»Indem er die Kinder erschreckt!«, rief Puckle aufgebracht. »Und die Eltern.« Er griff sich in die wirren Haare. »Ich sehe die Schlagzeile schon vor mir: ›Angriff auf den Weihnachtsmann im *Garcy's*!‹ Da kommt doch keiner mehr. Das ist eine Katastrophe! Wir können uns das ganze Weihnachtsgeschäft abschminken.«

Peter sah dem Mann beim Hin- und Herlaufen zu. So ganz aus der Luft gegriffen schienen ihm Puckles Befürchtungen nun doch nicht mehr zu sein. Die Aktion konnte durchaus abschreckende Wirkung auf die Kunden haben.

Puckle blieb abrupt vor den beiden Security-Leuten stehen. »Wieso konnte der Kerl überhaupt entkommen? Sie waren doch zu zweit. Und die Jungs hatten ihn schon fast gehabt. Wie war das möglich? Und wir haben ja auch jede Menge Kameras.« Er deutete zu dem Monitor auf seinem Schreibtisch. Vier Bereiche das Kaufhauses waren dort gleichzeitig zu sehen, und nach wenigen Sekunden wechselten jeweils die Bilder. Puckle ließ sich die Aufnahmen der Überwachungskameras also auch in sein Büro senden.

Der Security-Mann mit den blonden Stoppelhaaren knetete seine Hände. »Na ja. Wir sind ihm natürlich gleich hinterher durch die Tür zur Werkstatt. Aber ein bisschen Vorsprung hatte er, weil wir erst –«

»Jaja, durch die Tür.« Puckle machte eine ungeduldige Geste. »Und dann? Wo ist er hin? Sie müssen ihn doch gesehen haben.«

»Ja … äh, nein.«

»Was denn jetzt?«

»Da waren jede Menge solcher Typen«, sagte der andere Security-Mitarbeiter, ein schon etwas älterer Mann mit Schnauzbart. »Solche … Elfen. Kleine und große, dicke und dünne. Und bis wir einigermaßen den Überblick hatten, war der Kerl durch den Hinterausgang verschwunden.«

»Mist!«, fluchte Puckle. »Wer hatte denn die dämliche Idee, dass sich jeder vom Personal als Elf verkleiden soll?« Er starrte seine Personalchefin an, eine jüngere Frau im Hosenanzug und mit Hochsteckfrisur.

»Das … waren Sie, Mr Puckle«, antwortete sie vorsichtig. »Und wir haben ja auch Engel und Hirten und …« Sie verstummte angesichts des mörderischen Blickes, mit dem sie ihr Chef förmlich auffraß.

»Ach, Mumpitz.« Puckle wandte sich jäh ab. »Und wo bleibt

eigentlich die Polizei?« Er starrte auf seine Armbanduhr. »Nie ist sie da, wenn man sie braucht.«

»Sie müsste jeden Moment hier sein«, meinte der Leiter der Security, ein Schrank von einem Mann in einem schlecht sitzenden Anzug.

Puckle blieb vor den drei ??? stehen, die nebeneinander auf dem engen Besuchersofa kauerten. »Und ihr? Konntet ihr nicht noch irgendetwas erkennen? Augenfarbe, hatte er eine Narbe, roch er nach Rasierwasser? Hat er gehinkt? Irgendwas?«

Peter schüttelte den Kopf. »Tut mir leid, Sir. Es ging alles sehr schnell.«

»Ach.« Puckle winkte ärgerlich ab.

Justus wollte etwas sagen, doch die Personalchefin kam ihm zuvor. »Aber das habt ihr wirklich toll gemacht, Jungs. Das war sehr mutig von euch. Vielen Dank.«

Puckle schaute seine Angestellte mürrisch an. »Jaja, sehr gut. Danke euch.« Offenbar kam ihm erst jetzt in den Sinn, dass es eigentlich seine Aufgabe gewesen wäre, den Jungen für ihren Einsatz zu danken. »Aber Sie, Mrs Hatchett, müssten doch eine Idee haben, wer der Kerl war. Sie kennen doch jeden im Haus, haben die Leute eingestellt. Und dieser Mensch hatte ja eines unserer Kostüme an. Also? Gibt es da jemanden, dem Sie nicht über den Weg trauen, der sich komisch benommen hat? So ein Stänkerer, einer, der immer nur Ärger macht? Oder, oder, nein, warten Sie!« Puckle hob den Finger. »Einer, der sich dauernd über den Lohn beschwert hat und deswegen von diesem Krakowski bestochen werden konnte? Ja! So einen suchen wir.«

»Aber Mr Puckle, die Kostüme –«

»Harry vielleicht«, meldete sich Santa Claus plötzlich zu Wort. Er saß auf einem Stuhl und hielt sich ein Kühlpack an die Schläfe. »Harry Gamlin. Der aus der Herrenunterwäscheabteilung. Der wollte auch unbedingt Santa Claus sein, ist aber zu groß für den Job. Und war stinksauer auf mich, weil ich den Job bekommen habe, obwohl ich nur drei Zentimeter kleiner sei als er. Dabei sind es fünf.«

»Harry Gamlin?« Puckle machte große Augen. »War der nicht früher im *South Coast Plaza*?«

»Nein, das war Garry Henslin«, korrigierte ihn die Personalchefin. »Und der ist seit zwei Wochen krankgeschrieben, weil er sich den Arm gebrochen hat.«

»Und wenn er nur so tut, als ob?« Puckle schlenkerte mit seinen Armen, als wollte er zeigen, wie Arme funktionieren.

»Er hat ihn sich gebrochen, als er am Hinterausgang die Treppe runtergefallen ist«, sagte Santa Claus. »Ich war dabei, ich hab's gesehen. Unschöne Sache. Und sehr schmerzhaft.« Er verzog das Gesicht.

»Ach, Mumpitz.«

Bob folgte Justus' Blick. Der Erste Detektiv betrachtete aufmerksam den Geschenkesack, der neben Puckles Schreibtisch stand. Den Sack, den sich der Elf geschnappt hatte.

»Mr Puckle?« Bob wartete, bis der Mann ihm seine Aufmerksamkeit schenkte.

»Ja? Was ist denn?«

»Was genau ist eigentlich in diesem Sack?«

4. DEZEMBER

Ein Sack voll dunkler Geheimnisse

Bevor Puckle etwas erwidern konnte, öffnete sich die Tür und ein Angestellter des Kaufhauses ließ zwei Polizisten in den Raum eintreten. Verwundert blickten sie sich um. Neun Leute in einem engen Büro, darunter der Weihnachtsmann mit Kühlpack am Kopf.

»Endlich!« Puckle stürzte sofort auf die beiden zu. »Sie müssen augenblicklich diesen Sch…urken Krakowski verhaften.«

»Jetzt mal ganz langsam.« Einer der Polizisten, dessen Gesicht eine auffällig spitze Nase zierte, hob die Hand. »Sind Sie hier der Boss? Worum geht es?«

»Ja, natürlich bin ich der Boss. Direktor. Puckle mein Name, Balthasar Puckle. Und Sie wurden noch nicht über die Vorfälle informiert? Cromwell? Wieso nicht?« Der Kaufhausdirektor warf seinem Sicherheitschef einen wütenden Blick zu.

»Ich wusste ja selbst nicht, was los war. Mike hat mir nur gesagt, dass ich die Polizei rufen soll, weil hier ein Verrückter Rabatz gemacht hat.« Der Mann nickte zu seinem Angestellten.

»Rabatz!«, empörte sich Puckle. »Das war Sabotage! Und nichts anderes. Hören Sie!« In aufgeregten Worten berichtete er den Polizisten, was vorgefallen war.

Die hörten sich alles an, nickten hin und wieder und besprachen sich dann kurz. Schließlich ergriff der andere Beamte, ein Mann mit beachtlichem Vollbart, das Wort: »Ich fasse mal zusammen: Der Kerl wollte also einen Sack mit Geschenken stehlen. Mit nahezu wertlosen Geschenken für Kinder.«

»Das sind –«, unterbrach ihn Puckle entrüstet, wurde aber von einer energischen Handbewegung des Polizisten gestoppt.

Der zeigte zu Peter und Bob. »Ihr beiden konntet das jedoch verhindern. Der Sack ist noch da.« Der Mann deutete auf das Diebesobjekt neben Puckles Schreibtisch. »Dabei hat der Unbekannte Santa Claus«, er nickte dem Weihnachtsmann zu, »tätlich angegriffen, was bei Ihnen zu ein paar blauen Flecken und einer Beule geführt hat. Zu Schaden kamen außerdem ein Weihnachtsbaum, der umgefallen, und ein Vorhang, der von der Decke gerissen ist. Der Täter selbst, ein größerer Mann mittleren Alters mit spitzen Ohren und gelben Strumpfhosen, konnte unerkannt flüchten. Habe ich das so weit richtig verstanden?«

Puckle wedelte wieder mit den Händen. »Sie … Sie sagen das so, als wäre es eine Lappalie. Aber bedenken Sie, was das für mein Kaufhaus bedeutet!« Er hob beschwörend die Hände. »Der Weihnachtsmann wurde angegriffen! Würden Sie mit Ihrer Tochter noch zu uns kommen?«

»Ich habe keine Tochter.«

»Ach, Sie wissen doch, was ich meine.«

»Natürlich. Aber das steht auf einem anderen Blatt. Juristisch gesehen liegt Sachbeschädigung vor, solange Santa Claus keine Anzeige wegen Körperverletzung erstattet. Tut er das?« Der Polizist sah zum Weihnachtsmann.

»Weiß nicht.« Santa Claus zuckte die Schultern. »Ist 'ne Menge Papierkram, oder?«

»Natürlich tut er das!«, rief Puckle.

»Das muss er entscheiden.« Der Polizist seufzte sichtlich gelangweilt. »Haben Sie sonst noch irgendwelche sachdienlichen Informationen?« Er sah zu den Security-Leuten, zu Peter und zu Bob. »Wenn nicht, dann –«

»Ich schätze den Täter auf etwa 1,84 Meter und nicht mehr als achtzig Kilo«, tat Justus endlich kund, was er vorhin nicht hatte loswerden können. »Er hat braune Haare und war angesichts seiner Beweglichkeit, der Hautbeschaffenheit seiner Hände und der unteren Gesichtshälfte sicher nicht älter als 35 Jahre. Außerdem sprach er akzentfrei in eher tieferer Tonlage, und in Anbetracht seiner durchtrainierten Wadenmuskulatur dürfte er gerne und oft mit dem Rad fahren.«

Alle Umstehenden sahen Justus für einen Moment verdutzt an.

Dann eilte Puckle zum Ersten Detektiv und klopfte ihm auf die Schulter. »Bravo, Junge! Ausgezeichnet. Das ist doch eine sehr gute Beschreibung, Officer. Damit lässt sich doch was anfangen, oder?«

Der Polizist mit der spitzen Nase rümpfte diese. »Das ist zwar gut beobachtet, aber von der Sorte gibt es jede Menge. Das hilft uns nicht weiter.«

»Aber wenn so ein Mann unter den Angestellten von Krakowski ist, dann haben Sie doch schon einen Verdächtigen«, wandte Puckle ein.

»Sagten Sie nicht, der Angreifer sei einer Ihrer Angestellten?«

»Ach so, ja, natürlich. Aber er wurde von Krakowski gekauft.«

»Mr Puckle.« Der Polizist mit dem Vollbart schlug einen schärferen Ton an. »Ich wäre etwas vorsichtiger mit meinen Beschuldigungen. Wenn dieser Krakowski Wind von Ihren Äußerungen bekommt, kann so etwas schnell in einer Verleumdungsklage enden.«

»Aber ich … ich … der … ich …« Puckle schnappte nach Luft, dann verstummte er.

»Also.« Der andere Officer sah Puckle direkt in die Augen. »Wir nehmen den Fall auf, fertigen ein Protokoll an und tun, was wir können. Aber viel Hoffnung kann ich Ihnen da nicht machen. Gerade an Weihnachten haben die Kollegen sehr viel um die Ohren, da können wir nicht jedem Radaubruder hinterherjagen.«

»Radaubruder«, grollte Puckle. »Ich zahle Steuern. Und nicht zu wenig. Dafür kann ich doch wohl etwas mehr Engagement verlangen, oder?«

Der Officer grinste. »Nicht an Weihnachten. Wir melden uns bei Ihnen. Schönen Tag noch.«

Die beiden Polizisten tippten sich an ihre Schirmmützen und

verließen das Büro. Einer von ihnen pfiff dabei fröhlich die Melodie vor sich hin, die gerade aus den Kaufhauslautsprechern drang. *Next Christmas …*

Schnaubend vor Wut schaute ihnen Puckle hinterher. »Eine Frechheit ist das. Wo leben wir denn? Das kann man doch mit mir nicht machen.«

Die drei Detektive hatten sich in der letzten Minute leise miteinander beraten. Bob nickte abschließend, Peter zuckte unentschlossen mit den Schultern.

Justus erhob sich. »Mr Puckle, wenn Sie daran Interesse haben, dann könnten wir Ihnen unsere Hilfe anbieten.«

Der Direktor drehte sich um. »Wie? Ihr? Welche Hilfe?«

»Hier, bitte sehr.« Der Erste Detektiv reichte dem Mann eine ihrer Visitenkarten.

Der Kaufhausdirektor sah sich die Karte an und blickte auf. »Ihr seid Detektive?«

»Das ist korrekt.«

»So richtige Detektive?« Puckle verzog abfällig die Mundwinkel. »Versteht mich nicht falsch, Jungs, aber ihr seht eher aus wie Pfadfinder.«

»Bisweilen kann der äußere Schein trügen. Und ich darf Ihnen versichern, dass wir im Laufe unserer detektivischen Karriere schon etlichen gemeinen Verbrechern das Handwerk gelegt haben. Brutalen Kriminellen, wie dieser Elf einer ist.«

Puckles Augen leuchteten auf. »Gemeiner Verbrecher. Brutaler Krimineller. Du sagst es. *Das* ist die richtige Einstellung. Genau so sehe ich das auch. Das war ein gemeiner Verbrecher.« Er überlegte. »Und was würde mich das kosten?«

»Nichts«, antwortete Bob. »Ihre Zufriedenheit ist unser Lohn.«

»Hm.« Puckle schob die Unterlippe nach vorne und dachte nach. »Das hört sich doch eigentlich ganz vernünftig an. Und was wollt ihr jetzt tun? Der Kerl ist doch längst über alle Berge.«

Justus nickte in Richtung Sack. »Wenn Sie erlauben, würden wir dieses textile Behältnis gerne in unsere Ermittlungszentrale mitnehmen, um uns den Inhalt einmal genauer anzusehen.«

»Dieses … Den Sack? Aber … wieso sollte den Kerl der Sack interessiert haben? Da ist doch nur Kremp… also, ich meine, da sind doch Geschenke für Kinder drin.«

Der Erste Detektiv lächelte wissend. »Ich darf Ihnen aufgrund unserer langjährigen Erfahrung versichern, Mr Puckle, dass es oft auf den ersten Blick sehr unscheinbare Gegenstände sind, die die mysteriösesten Rätsel und dunkelsten Geheimnisse bergen.«

5. DEZEMBER

36 x Elf

Die drei Detektive ließen sich von Puckle noch die Erlaubnis geben, sich im Kaufhaus nach eigenem Ermessen umzusehen. Dazu formulierte er einen kurzen Text, unterschrieb den Zettel und händigte ihn den Jungen aus. Anschließend verließen die drei ??? mit dem Geschenkesack das Büro.

»In die Zentrale?« Bob sah Justus fragend an.

»Später. Wir sollten uns zunächst hier ein wenig umsehen. Bring du den Sack zum Auto, Peter und ich suchen am Schauplatz des Geschehens schon mal nach Spuren.«

»Okay. Dann treffe ich euch an der Bühne.« Bob schulterte den Sack und machte sich auf den Weg.

Zehn Minuten später fand der dritte Detektiv seine Freunde wie verabredet vor dem Holzpodest. Peter kniete gerade auf dem Boden und lugte unter den Aufbau, Justus drehte sich langsam im Kreis und sah dabei in die Luft. Den Vorhang hatte man inzwischen wieder notdürftig an der Decke fixiert, der Sessel des Weihnachtsmannes war jedoch leer.

»Puckle scheint erst einmal abwarten zu wollen.« Bob zeigte zu der leeren Bühne und stellte sich neben Justus.

»Oder er wartet auf die Zweitbesetzung«, erwiderte Peter. Dann legte er sich ganz auf den Boden und kroch ein gutes Stück unter die Bühne. »Santa Claus Nummer eins hat ja doch ein paar Schrammen abbekommen.«

Bob schaute nach oben. »Wonach suchst du, Erster?«

»Überwachungskameras. Die die Vorfälle womöglich aufgezeichnet haben. Aber gerade in diesem Bereich gibt es offenbar keine einzige.«

»Hier unten ist auch nichts.« Peter stand auf und klopfte sich den Staub von Hose und Händen. »Außer einem roten Schnuller ziemlich weit hinten.«

»Du dachtest, dass dem Kerl bei der Auseinandersetzung was runtergefallen sein könnte?«

»Ein Knopf, irgendwas aus seiner Tasche, Geldbörse mit Ausweis.« Peter zuckte die Schultern und grinste schief. »Auf der Bühne lag nichts, aber zwischen den Brettern gibt es die eine oder andere Ritze. War einen Versuch wert.«

Bob sah sich um. »Okay. Geflüchtet ist er über die Vorderseite der Bühne und lief dann um den Weihnachtsbaum da vorne Richtung Vorhang.«

»Da waren wir schon«, sagte Justus und ging zu der geschmückten Plastiktanne. Den umgefallenen Weihnachtsbaum an der anderen Ecke der Bühne hatte man inzwischen wieder aufgestellt und einigermaßen in Form gebracht. »Nichts Verwertbares.« Er zupfte an ein paar Ästchen. »Keine Fasern oder Haare.«

»Dann ging es hier weiter.« Bob begab sich zu der Stelle, wo Peter und der Elf von dem Vorhang begraben worden waren. »Gerangel am Boden. Peter hier, der Typ da.« Er zeigte auf die Stellen. »Ich schmeiß mich auf ihn …«, der dritte Detektiv deutete einen Hechtsprung an, »… er rollt sich weg, steht auf, läuft zu der Werkstatttür.«

Peter beugte sich weit nach unten und überprüfte im Entengang jeden Zentimeter des Fluchtweges. »Und ich hatte den Kerl sogar mal kurz an den Haaren gepackt. Aber da ist nicht mal ein Fussel zu sehen.«

»Wahrscheinlich hat der Putztrupp hier gewischt, nachdem man den Vorhang wieder aufgehängt hatte«, vermutete Justus. »Da sind feuchte Stellen.«

»Amateure«, knurrte Peter und richtete sich wieder auf. »Hier gibt es einen Anschlag auf Santa Claus und die feudeln alle Spuren mit dem Wischmopp weg. Super.«

Justus schob den Samtbehang auseinander und die drei Jungen traten in den beleuchteten Gang dahinter. Zum ersten Mal sahen sie nun die Weihnachtswerkstatt aus nächster Nähe. Wie vorhin herrschte dort geschäftiges Treiben, wimmelte und wuselte es hinter den großen Scheiben. Und die stimmungsvolle Beleuchtung sowie die Abtrennung vom Rest des Kaufhauses durch den Vorhang verstärkten den Eindruck, einen Blick in eine andere Welt zu werfen.

Peter seufzte vernehmlich und auch Bob hielt erstaunt inne. Justus dagegen marschierte auf die kleine Tür zu, durch die der Elf geflüchtet war. Eine Bildtapete und ein paar aufgemalte Lebkuchen ließen sie aussehen wie den Eingang in ein Knusperhäuschen. Der Erste Detektiv drückte die Klinke nach unten. Doch die Tür war verschlossen.

»Damit war zu rechnen. Sonst würde alle paar Minuten ein Kind in die Werkstatt spazieren. Man braucht eine Keycard.«

Bob kam näher. »Aber der Kerl hatte Glück. Genau in dem Moment, als er unter dem Vorhang hervorkroch, kam dieser Engel aus der Werkstatt.«

»Hatte er wirklich Glück?« Peter rümpfte skeptisch die Nase.

»Du meinst, dass das vielleicht gar kein Zufall war? Dass der Engel mit dem Elf unter einer Decke steckt und ihm die Tür aufgemacht hat?«

»Könnte doch sein, oder?«

Justus überlegte. »Wäre möglich. Allerdings wirkte der Engel äußerst überrascht und wurde auch sehr grob zur Seite gestoßen. Wenn das abgesprochen gewesen wäre, hätte sich der Engel mit Sicherheit anders verhalten.«

»Stimmt. Der ist voll mit dem Kopf gegen die Tür geknallt«, erinnerte sich Peter.

Justus nickte. »Ich glaube nicht, dass das geplant war. Das war purer Zufall.« Der Erste Detektiv klopfte kräftig an die Tür. Wenige Augenblicke später öffnete sich auf Kopfhöhe eine mit Watte umrahmte Klappe, in der das gelangweilte Gesicht eines Security-Mannes erschien.

»Liebe Kinder, hier dürft ihr leider –« Der Gesichtsausdruck veränderte sich von gelangweilt zu überrascht. »Was wollt ihr denn? Verzieht euch!«

Justus holte Puckles Passierschein hervor und hielt ihn dem Mann vor die Nase. »Würden Sie bitte aufmachen? Danke sehr.«

Der Mann las das Schreiben. Zwei Sekunden später öffnete sich die Tür. »Eine Erlaubnis vom Chef? Wieso bekommt ihr so was? Wer seid ihr?«

Peter machte ein wichtiges Gesicht. »Topsecret. Dürfen wir?« Er schob sich an dem Mann vorbei in den Raum.

Die drei Detektive betrachteten nun genauer, was sie von draußen schon hatten sehen können. An zahllosen kleinen Tischchen standen weihnachtlich verkleidete Gestalten und hantierten mit Geschenken aller Art: Elfen, Engel, Rentiere mit roten Nasen, Hirten, Weise aus dem Morgenland. Sie bastelten an Spielzeugen herum, verpackten Süßigkeiten, schnitten Geschenkpapier und Schleifenbänder zurecht, brachten die Sachen auf Rollwägelchen von hier nach da, bemalten Christbaumschmuck, polierten, säuberten, sortierten aus. Es herrschte eine emsige Betriebsamkeit, alle gaben sich fröhlich, Weihnachtsmusik dudelte auch hier und es roch verführerisch nach Plätzchen.

Peter stieß Bob aufgeregt an. »So muss es am Nordpol aussehen, oder? Im Zuhause von Santa Claus.«

Bob musterte seinen Freund von der Seite. »Ist jetzt nicht dein Ernst, oder?«

Peter stöhnte. »Jetzt sei doch nicht so erwachsen. Hmmm, dieser Plätzchenduft! Mir läuft das Wasser im Mund zusammen.«

»Da ließe sich doch was machen.« Ein kleiner, sehr aufgekratzt wirkender Elf stand plötzlich hinter ihnen und strahlte sie an. »Tagchen, ihr drei. Genau euch suche ich. Mr Puckle hat mich angefunkt. Ich bin Larry und soll euer Helferlein sein, wenn ihr irgendetwas braucht oder wissen wollt. Prima, da bin ich.«

»Hi, Larry! Toll.«

»Danke sehr, Larry, sehr freundlich.« Justus nickte dem hibbeligen Elf zu. »Ich hätte da auch gleich eine Frage.«

»Schieß los, Schnuckelchen.«

Justus musste kurz schlucken. »Ähm, wie viele Elfen beschäftigt das Kaufhaus im Augenblick?«

»Du meinst, wie viele von uns ganze vier Wochen ins Elfenkostümchen schlüpfen dürfen?« Der Mann kicherte. »Es sind genau 36. Mit mir. 36 mal Elf. Also eigentlich 396. Haha.«

Der Erste Detektiv ließ seinen Blick durch die Werkstatt schweifen. »Aber die sind jetzt nicht alle hier, oder? Ich zähle gerade mal zehn … nein, zwölf.«

»Du zählst supi. Es gibt auch einige Verkäufer und Verkäuferinnen, die als Elfen durch ihre Abteilungen schweben. Und wir arbeiten in zwei Schichten. Oh! Hört ihr das?« Larry deutete nach oben. »Mein Lieblingssong. *Ne-hext Chri-histmas.*«

Peter erinnerte sich, dass er das Lied jetzt schon etliche Male gehört hatte, seit sie im *Garcy's* waren. »Das läuft mindestens einmal die Stunde, oder?«

»Ich find's supi. *We-he wi-hill …*« Larry trällerte und wippte. »Du wolltest Plätzchen, oder?«

»Ich glaube, ich habe einen Ohrwurm.« Peter verzog das Gesicht. »Ja, eindeutig. Mist.«

»Dagegen helfen Plätzchen. Warte kurz!« Larry wirbelte herum und flitzte los.

»Dieser Larry ist voll in seinem Element, oder?« Bob grinste. »Was siehst du mich so an, Erster?«

Justus hatte Bob tatsächlich schon einige Zeit von der Seite gemustert. »Dritter, du bist ja eindeutig – wie soll ich sagen? – der Zierlichste von uns, nicht wahr?«

»Hä? Zierlich? Wie kommst du denn –« Bob erbleichte. »Oh nein! Nein! Auf gar keinen Fall! Das kannst du dir abschminken!«

6. DEZEMBER

Bruder Justus

Als Justus und Bob auf dem Schrottplatz der Familie Jonas eintrafen, wo der Erste Detektiv seit dem Tod seiner Eltern bei seinem Onkel und seiner Tante lebte, war es bereits dunkel. Peter hatten sie auf dem Weg dorthin bei der Highschool abgesetzt. Seine Mum hatte darauf bestanden, dass er mit zum Elternsprechtag ging. Es gäbe Gesprächsbedarf.

»Ich komme nach, wenn die Hinrichtung vorbei ist«, hatte sich Peter mit hängenden Schultern von ihnen verabschiedet.

Auch Bobs Stimmung schwankte lange zwischen unterirdisch und angriffslustig. Die Vorstellung, dass er in diesem … Unmöglich! Und wieso überhaupt er … Nein … Und wenn ihn jemand sah! Klassenkameraden zum Beispiel. Grauenvoll! Aber irgendwann auf dem Weg zwischen Schule und Schrottplatz hatte er dann doch eingesehen, dass Justus – wie fast immer – recht hatte: Der Job war wichtig und er der beste Mann dafür. Aber zu knabbern hatte er doch noch daran, als er aus seinem Käfer ausstieg und sie Richtung Kaltes Tor liefen.

»Glaubst du, dass ich wenigstens diese bescheuerten gelben Strumpfhosen weglassen kann? Das sieht ja aus, als würde ich auf Pommes laufen.«

»Dich erkennt doch keiner, solange du die Maske aufhast.« Justus öffnete die Tür eines riesigen, uralten Kühlschranks. »Und dich als Elf einzuschleusen, ist definitiv die beste Möglichkeit, um unter den Angestellten Erkundigungen einzuziehen.«

»Dann passt du aber auf, dass Peter das nicht rumerzählt. Versprochen? Du weißt, dass der so was superwitzig findet. Und ich kann mich hinterher monatelang nirgends mehr blicken lassen.«

»Ich werde Peter in die Verantwortung nehmen.« Justus betätigte den Hebel und schob die Rückwand zur Seite, hinter der sich ein niedriger Wellblechtunnel auftat. »Versprochen.«

Am Ende des Tunnels gelangten die Jungen zur Tür ihrer Zentrale, einem ausgemusterten, äußerst betagten Wohnwagen, der unter einem riesigen Haufen Schrott verborgen lag. Hier schlug das Herz ihres Detektivunternehmens, hier hatten sie alles, was sie dafür benötigten: Computer, Telefon, Regale voller Bücher, Hefte und Ordner, Kühlschrank, bequeme Sitzgelegenheiten und im hinteren Teil sogar ein Labor.

Bob wuchtete den Sack auf einen der Sessel und holte sich erst einmal eine Limo aus dem Kühlschrank. Er trank einen großen Schluck und ließ sich in einen der anderen Sessel plumpsen. »So. Irgendein Plan, wie wir vorgehen?« Der dritte Detektiv deutete auf den Sack.

»Wir sollten bei unserer Untersuchung vor allem möglichst

behutsam zu Werke gehen. Das Objekt der Begierde könnte sich durchaus auch in einer der Schleifen und Bänder oder unter der Verpackung verbergen. Vielleicht ist es sogar der Sack selbst.«

»Du bist nach wie vor der Meinung, dass es der Elf darauf abgesehen hatte?« Bob trank die Dose leer und knüllte sie dann, so gut es ging, zusammen.

»Scheint mir im Augenblick die naheliegendste Hypothese zu sein.«

»Dann mal los. Teilen wir das Zeug brüderlich auf.«

In dem großen Jutesack befanden sich genau 33 sorgfältig verpackte Geschenke, von denen die meisten ungefähr die gleiche Größe hatten. Es gab drei Päckchen, die kaum größer als eine Streichholzschachtel waren, aber alle anderen waren etwa halb so groß wie ein herkömmlicher Schuhkarton. Die Geschenkkartons waren in buntes, oft glitzerndes und immer weihnachtliches Geschenkpapier verpackt, hatten Schleifchen und Bänder und oft noch irgendwelche Anhängsel: Glöckchen, Holzfigürchen, Zimtstangen, Trockenbeeren … Bob nahm freiwillig 17 Geschenke, Justus 16. Dann machten sich die Jungen an die Arbeit.

Etwa eine Stunde später hatten sie sämtliche Geschenke ausgepackt und alles genauestens unter die Lupe genommen: die Geschenke selbst, die Verpackung, die Deko. Dabei hatten sie stets darauf geachtet, dass nichts durcheinandergeriet, und nach jeder Untersuchung das jeweilige Geschenk auf seiner ausgebreiteten Verpackung samt dazugehörigem Deko-Beiwerk platziert. Nahezu jede freie Stellfläche in der Zentrale war belegt: die Regale, der Kühlschrank, der kleine Fernseher, die Sessel, der Schreibtisch. Die letzten Geschenke hatten sie auf dem Boden verteilt. In dem Wohnanhänger sah es aus, als wäre ein Geschenkeladen explodiert.

Bob stand neben einem der Regale, die Füße eng beisammen, und überblickte das kunterbunte Sammelsurium. »Jetzt nur keine hastigen Bewegungen. Und nicht zu heftig ausatmen, sonst fangen wir wieder von vorne an.«

»Ebenfalls unauffällig.« Justus legte einen weiß bepuderten Kiefernzapfen behutsam auf das zugehörige Papier. »Das war's.«

»Okay, eines ist schon mal klar. Diamanten, Perlen, Goldmünzen oder worauf es Diebe ansonsten abgesehen haben, sind nicht dabei.«

Justus drehte sich auf seinem Chefsessel vorsichtig zum Schreibtisch um, schob eines der Geschenke ein wenig zur Seite und begann, eine Liste anzufertigen. »Mal sehen, was wir haben. Erstaunlicherweise finden sich nur wenige Süßigkeiten unter den Geschenken. Eins, zwei … fünf. Fünf Süßigkeiten. Alles andere ist entweder Spielzeug oder Staubfänger.«

»Puckle scheint kein Befürworter der weihnachtlichen Zuckerflut zu sein.«

»Wenn er die Geschenke aussucht, nicht. Allerdings kann ich mir nicht vorstellen, dass er diesen Job übernehmen würde. Also, 28 Gegenstände.« Der Erste Detektiv ließ seinen Blick über die Geschenke schweifen. »Ein paar Sachen aus Holz. Ein Drehkreisel, zwei, nein, drei Figuren, eine kleine Flöte, ein Auto.«

»Denkst du, dieser Weihnachtsmann wusste, was in den Päckchen ist? Bei einem Spielzeugdüsenjäger könnte sich die Begeisterung eines kleinen Mädchens in Grenzen halten.«

»Auf den Geschenken beziehungsweise dem Geschenkpapier sind kleine blaue und rote Aufkleber.« Justus hob eines der Papiere an und zeigte Bob den roten Aufkleber. »Blau für Jungs, rot für Mädchen, würde ich tippen.«

»Ist mir gar nicht aufgefallen.« Bob reckte den Hals. »Murmeln, Klebebildchen, Handpüppchen, eine Spieluhr, Stifte, Wachssterne …« Der dritte Detektiv zuckte die Schultern. »Ich kann mir ehrlich gesagt nicht vorstellen, was von dem Zeug einen Dieb auch nur ansatzweise interessieren sollte. Du?«

Justus betrachte die ausgelegten Geschenkpapiere, die Bänder und Schleifen. »Auf den ersten Blick springt mich da ebenfalls nichts an. Nichts davon kostet mehr als einen Dollar, außer vielleicht diese Häkelpuppe, das Miniaturbuch und die Spieluhr. Aber auch die sind erschwinglich.« Der Erste Detektiv fing an, seine Unterlippe zu kneten. Das machte er oft, wenn er scharf nachdachte. »Vielleicht hängt das alles mit dem Motiv des Elfen zusammen. Vielleicht hat irgendeiner dieser Gegenstände eine ganz besondere Bedeutung für ihn.«

»Oder er tat nur so, als ob ihn der Sack interessierte, und es ging am Ende doch nur darum, im *Garcy's* Krawall zu schlagen.«

Justus schüttelte den Kopf und machte ein skeptisches Gesicht. »Irgendetwas sagt mir, dass es um eines der Geschenke geht.«

»Okay. Aber falls dem so ist: Woher wusste er überhaupt, was in den Päckchen drin ist? Hat er beim Einpacken in der Werkstatt zugesehen?«

»Könnte sein.«

»Und warum hat er dann nicht schon in der Werkstatt zugeschlagen, sondern gewartet, bis –«

Das Telefon klingelte. Justus sah auf die Uhr. Kurz vor neun. Er hob ab. »Hier Justus Jonas von den drei Detektiven. Was kann ich für Sie tun?«

»Hi, Brüderchen!«

»Peter?« Justus runzelte die Stirn. *Brüderchen*?

»Genau. Du, ich bin hier draußen. Könnten du und Buddy bitte mal rauskommen und mir tragen helfen? Mein Dad hat mir einen alten Monstersessel aus seinem letzten Film für unsere Zentrale geschenkt, den ich aber nicht alleine tragen kann.«

»Einen … Sessel? Peter, sag mal, was –«

»Jetzt frag nicht lang, sondern komm raus. Und bring Buddy mit, hörst du? Ich warte am Roten Tor auf euch.« Peter legte auf.

Justus starrte den Hörer an, als sähe er so ein Ding zum ersten Mal.

7. DEZEMBER

Elf gegen drei

»Was ist los?«, fragte Bob.

»Das war … merkwürdig. Peter hat mich *Brüderchen* genannt und gesagt, ich soll rauskommen und ihm tragen helfen. Einen alten Sessel, den er von seinem Vater hat.«

»Bitte?« Bob schüttelte verständnislos den Kopf.

»Nein, warte. Wir *beide* sollen rauskommen. Dabei hat er dich *Buddy* genannt.«

»Buddy?« Bob machte große Augen und deutete auf sich.

Der Erste Detektiv erhob sich irritiert und ging zur Tür des Wohnwagens. Kurz davor blieb er jedoch wieder stehen. »Wieso nennt mich Peter *Brüderchen*? Das hat er noch nie getan. Und dich *Buddy*? Hat dich schon mal irgendjemand *Buddy* genannt?«

»Nicht dass ich wüsste. Vielleicht ist der Elternabend besser verlaufen, als er befürchtet hat, und jetzt fährt seine gute Laune mit ihm Achterbahn?«

»Wäre möglich«, erwiderte Justus unschlüssig. »Vielleicht hat er sich irgendeinen Jux mit uns ausgedacht. Andererseits ist das so … unglaubwürdig. Sein Vater hätte uns einen Sessel aus seinem letzten Film geschenkt? Peter ist doch sonst auch recht kreativ, wenn es darum geht –«

»Just! Das könnte doch … Oh mein Gott!«

Der Erste Detektiv sah Bob erstaunt an. »Was? Was ist?«

»Film! Vielleicht ist das ein Hinweis? *Brüderchen* sollte deine Aufmerksamkeit wecken, der Rest könnte ein verschlüsselter Hinweis sein.«

»Ich kann dir nicht folgen.«

»Buddy, der Weihnachtself!«

»Bitte?«

»Buddy, der Weihnachtself! Kennst du den Film etwa nicht?«

Justus schüttelte den Kopf. »Nie davon gehört.«

»Weihnachtself, Just. Elf! Vielleicht will Peter uns sagen, dass ihn dieser Elf … also, dass er nicht offen sprechen kann, weil ihn dieser Elf da draußen …« Bob brach unvermittelt ab, so aufgeregt war er.

Justus' Augen weiteten sich. »Du meinst, der Kerl hat Peter aufgelauert, hat ihn in seiner Gewalt und will uns jetzt rauslocken? Und Peter möchte uns mit dieser hanebüchenen Geschichte warnen?«

»Ja doch! Das könnte doch sein.«

»Wieso sollte er das tun? Dieser Elf.«

»Das weiß ich nicht. Aber du meintest doch selbst, dass das völlig untypisch für Peter ist, was er uns da erzählt hat.«

»Vielleicht eine neue Taktik? Weil wir auf die alten Tricks nicht mehr reinfallen?«

»Just, wir müssen da jetzt raus und nachsehen! Und dabei sehr vorsichtig sein.«

Der Erste Detektiv zuckte die Schultern. »Du hast recht. Ich hoffe sehr, dass wir anschließend alle darüber lachen können.« Er setzte sich in Bewegung.

Als die beiden Detektive durch die Kühlschranktür ins Freie traten, schlug ihnen feuchte, kühle Nachtluft entgegen. Draußen auf der Straße startete ein Motor, was ein Hund mit lautem Bellen beantwortete. Die Laterne vor dem Zaun des Schrottplatzes war kaputt und blinkte.

»Peter hat gesagt, er wartet am Roten Tor.« Justus deutete nach Osten und ging voraus.

Wenige Augenblicke später liefen die beiden Jungen um einen hohen Stapel Altreifen herum und erblickten dahinter neben einigen Gartenskulpturen aus Stein zwei schemenhafte Gestalten. Eine von ihnen hatte unverkennbar sehr spitze, große Ohren.

»Verdammt!«, flüsterte Bob und spürte, wie sich sein Magen verkrampfte. »Ich hatte recht.«

Auch Justus lief es eiskalt über den Rücken. Der Mann war ihnen gefolgt.

Die andere Gestalt winkte. »Hierher!«

Justus und Bob kamen näher. Als sie noch wenige Schritte entfernt waren, hob der Elf den linken Arm. Im milchigen Mondlicht konnten die beiden Jungen in der anderen Hand deutlich einen metallisch schimmernden Gegenstand erkennen.

»Das reicht. Stehen bleiben!«, ertönte dieselbe tiefe Männerstimme, die sie am Nachmittag im *Garcy's* gehört hatten.

»Wieso hat das so lange gedauert? Was habt ihr da drüben veranstaltet?« Der Mann deutete zu dem Schrotthaufen, unter dem die Zentrale lag.

»Was soll das? Wer sind Sie? Sie halten sich unbefugt auf unserem Grundstück auf.« Justus hoffte, dass er einigermaßen selbstsicher klang und ihm seine Aufregung nicht anzumerken war. Gleichzeitig überschlugen sich seine Gedanken. Was wusste der Mann? Hatte er sie beobachtet? Seit wann? Und wieso? Was hatte er gesehen? Was wollte er von ihnen?

»Quatsch keinen Blödsinn, Dicker. Du weißt genau, was das hier soll.«

»Nein, das weiß ich leider nicht.« Justus sah zu Peter, dessen Gesicht er im Dunkeln kaum erkennen konnte. »Alles in Ordnung mit dir, Zweiter?«

»Dem geht's gut«, blaffte der Mann. »Und euch wird auch nichts passieren, wenn ihr tut, was ich sage. Ansonsten wird's ungemütlich.« Der Elf drückte Peter den Lauf der Pistole in die Seite.

Der Zweite Detektiv stöhnte auf. »Ist ja gut! Sie müssen ja nicht gleich grob werden.«

»Was wollen Sie?«, fragte Bob.

»Den verdammten Sack natürlich.«

»Welchen Sack?« Justus überlegte fieberhaft. Der Elf wusste, dass sie den Sack hatten. Woher? Egal. Aber klar war jetzt, dass es bei der ganzen Sache wirklich um diesen Sack ging.

»Hör mal zu, du Eierkopf!« Der Elf riss den Arm nach oben und richtete die Pistole auf Justus. »Entweder du hörst sofort auf, dich dümmer zu stellen, als du bist, oder wir machen das auf die harte Tour. Klar?«

»Natürlich.« Sie brauchten einen Ausweg, eine Ausrede. Irgendetwas, das verhinderte, dass der Mann den Sack und die Geschenke in die Finger bekam. Und dass er ihnen etwas antat. »Ich glaube, ich weiß jetzt, was Sie meinen.« Zeit gewinnen, sie mussten Zeit gewinnen. »Sie sprechen von dem Sack mit den Geschenken, dessen Sie heute im Kaufhaus *Garcy's* vergeblich habhaft zu werden versuchten, indem Sie den Weihnachtsmann attackierten in der Absicht, ihm das Zielobjekt zu entreißen?«

Die Pistole senkte sich ein Stück, der Elf schwieg für wenige Augenblicke. »Sag mal.« Er stieß Peter in die Seite. »Redet der immer so?« Dem Tonfall nach war der Mann ziemlich irritiert.

»Ja. Ist als Kind mal gegen ein Bücherregal gelaufen.«

»Jener Sack«, fuhr Justus unbeirrt fort, »den Ihnen dann meine beiden Kollegen wieder entwenden konnten, sodass Sie unverrichteter Dinge Ihr Heil in der Flucht suchen mussten, wobei Sie am Ort des Geschehens einen nicht unbeträchtlichen Sachschaden verursachten, ganz zu schweigen von den zahlreichen Blessuren, die Sie dem Weihnachtsmann zufügten. Und daraus ziehen Sie nun die Schlussfolgerung, dass wir –«

»Schluss mit dem Gelaber!«, fuhr ihm der Elf über den Mund. »Halt endlich die Klappe. Ich habe genau gesehen, wie du da«, er nickte zu Bob, »den Sack ins Auto gebracht hast. Und dann seid ihr hierhergefahren und habt das Teil irgendwo hier auf dieser Müllkippe verstaut. Los. Ich will diesen Sack. Auf der Stelle!«

8. DEZEMBER

Märchenstunde

Justus lächelte in der Dunkelheit. *Irgendwo hier.* Ja, das konnte klappen. Obgleich es sehr riskant war. »Sie haben recht. Wir *hatten* den Sack. Präteritum. Hatten.«

»Hä? Präwas? Willst du mir etwa erzählen, dass ihr ihn jetzt nicht mehr habt?«, fuhr der Mann den Ersten Detektiv an.

»Das wollte ich damit zum Ausdruck bringen, richtig.«

»Blödsinn! Ihr zwei seid mit dem Ding hier angekommen und irgendwo dahinten«, er nickte Richtung Zentrale, »damit verschwunden und nicht mehr rausgekommen. Ich habe euch von der Straße aus beobachtet und diese Müllhalde seitdem nicht mehr aus den Augen gelassen. Ihr habt den Sack.«

»Wie gesagt: hattet. Er war hier, ist es jetzt aber nicht mehr.«

»Das hätte ich doch gesehen!«, schnauzte der Mann. »Versuch nicht, mich zu vergackeiern, Kleiner.«

»Das ist keineswegs meine Absicht. Ich zeige es Ihnen. Wenn Sie mir bitte folgen wollen?« Justus wandte sich um und lief zurück Richtung Kaltes Tor.

Bob beeilte sich, neben ihn zu kommen, warf seinem Freund einen fragenden Blick zu und flüsterte: »Was hast du vor, Just?«

»Schnauze da vorne!«, bellte der Elf.

Justus schüttelte den Kopf. Am Kalten Tor angekommen, öffnete er die Tür, betätigte den Hebel und schob die Rückwand zur Seite. »Wenn Sie hierauf bitte einen Blick werfen wollen«, wandte er sich an den Elf. »Dieser Kühlschrank und der sich anschließende kurze Tunnel«, er wies in die Wellblechröhre, »sind ein geheimer Zugang zu unserem Wohnwagen. Wir haben ihn vor langer Zeit unter sehr viel Altmetall verborgen, was ihn neugierigen Blicken entziehen soll.«

»Ja, bis da vorne habe ich euch laufen sehen«, der Elf deutete mit dem Daumen über seine Schulter, »dann wart ihr weg. Wieso erzählst du mir das?«

»Weil das nur *ein* Weg ist, um in den Wohnanhänger zu gelangen.«

»Ja? Und?«

»Ein zweiter Weg führt über eine Bodenluke unter dem Wohnwagen hindurch dort hinüber zur Freiluftwerkstatt«, Justus deutete über den Elf hinweg nach Süden, »und endet hinter einer Druckerpresse. Ich zeige es Ihnen. Wenn Sie so freundlich wären?« Justus wollte an dem Mann vorbei, aber der Elf zögerte. Und blickte in den Wellblechtunnel.

Bob spürte, wie sich seine Nackenhaare aufstellten. Er hatte verstanden, was Justus vorhatte. Aber wenn der Elf jetzt in die Zentrale wollte, hatten sie ein Problem.

»Hier entlang, bitte.« Justus wies in die andere Richtung.

»Was soll ich da? Komm zur Sache, Eierkopf.«

»Nun. Vor etwa neunzig Minuten rief meine Tante aus dem Wohnhaus in unserer Zentrale an, um uns mitzuteilen, dass eben ein Mitarbeiter von *Garcy's* bei ihr angerufen habe. Sie bräuchten den Geschenkesack bitte umgehend zurück.«

»Was? Die wollten den Sack wiederhaben?« Der Elf wirkte zunehmend irritiert.

»So ist es«, fuhr Justus fort. »Daher haben wir den Sack durch Tunnel II zum Wohnhaus gebracht, wo ihn mein Onkel in Empfang nahm. Er hatte ohnehin noch etwas zu erledigen, packte daher den Sack in sein Auto, das hinten auf dem Hof stand, und fuhr damit zum Kaufhaus. Und all diese Wege sind von der Straße aus kaum einzusehen, weshalb Sie die ganze Aktion ganz offensichtlich nicht bemerkt haben.«

»Ihr habt was? Er hat den Sack …« Der Elf starrte die Jungen konsterniert an.

Peter überlegte für einen Moment, ob er die Situation ausnutzen und den Mann überwältigen konnte. Aber der Lauf der Pistole war auf Justus gerichtet.

»Das ist doch … Wieso überlassen die euch erst den Sack und wollen den Krempel dann wieder? Was hattet ihr überhaupt mit dem Sack zu schaffen?«

»Wir sind Detektive«, antwortete Peter und bewegte sich ein winziges Stück nach rechts, um dem Elf die Sicht auf die Wellblechröhre zu verdecken. So ungefähr ahnte er, was Justus beabsichtigte. Und warum. »Der Direktor vom *Garcy's* wollte, dass wir uns mal ansehen, was Sie an dem Sack interessiert haben könnte. Weil wir so vielleicht erfahren, wer Sie sind und wer für das Chaos im *Garcy's* verantwortlich ist.«

»Und die haben sich den Sack wirklich wieder …« Der Elf war viel zu sehr damit beschäftigt, sich über den scheinbaren Verlust des Sacks aufzuregen, als dass ihn interessiert hätte, dass die drei Jungen Detektive waren. »Aber wieso? Was wollen die damit?«

»Nun«, sagte Justus, »der Mitarbeiter von *Garcy*'s informierte meine Tante dahingehend, dass sie die Geschenke zu Deko-Zwecken bräuchten.«

»Die Geschenke? Welche Geschenke denn?«

Justus stutzte. Mit dieser Frage hatte er nicht gerechnet. Gleichzeitig brachte sie ihn auf eine Idee. »Ähm, na ja, so viele wie möglich. Also, wenn möglich, am besten natürlich *alle*. Sie sollen …« Der Erste Detektiv rief sich die Bühne in Erinnerung, die Weihnachtsbäume, das Durcheinander nach dem Kampf. »Sie sollen unter die Weihnachtsbäume an der Bühne gelegt werden. Also unter den einen, der umgefallen ist. Was da vorher lag, sei nicht mehr zu gebrauchen, weil Santa Claus … na, Sie wissen das ja selbst. Die etwas lädierten Geschenke weiter hinten, die unversehrten vorne.«

Bob konnte seinem Freund nicht mehr folgen. Was redete Justus da? Und was bezweckte er damit? Bezweckte er überhaupt etwas damit? Auch Peter hatte keine Ahnung, wohin das führen sollte.

Der Elf schwieg. Für einen Moment lag eine gefährliche Spannung in der Luft. War das die Ruhe vor dem Sturm? Peter hielt die Luft an.

Der Mann hob die Pistole. »Ich weiß, wo ich euch finde«, zischte er. »Und solltet ihr mir noch einmal in die Quere kommen, gibt es wirklich Ärger. Ist das angekommen?«

»Natürlich«, gab sich Justus angsterfüllt.

»Wir haben verstanden«, beeilte sich Bob zu sagen, während Peter nur nickte.

»Dann geht ihr jetzt alle brav in euren Stall und haltet in Zukunft die Füße still.« Der Elf wedelte mit der Pistole Richtung Zentrale. »Los, worauf wartet ihr noch?«

Die Jungen drehten sich um und gingen in den Wellblechtunnel. Justus als Erster, dann Bob, als Letzter Peter. Der Zweite Detektiv spürte dabei die ganze Zeit, dass der Lauf der Pistole auf seinen Rücken gerichtet war. Der Elf zielte auf ihn. Auf die Stelle zwischen den Schulterblättern.

Ein lautes Knacken ließ Peters Herz stocken. Für den Bruchteil einer Sekunde hatte er geglaubt, dass sich ein Schuss gelöst hatte. Doch es war nur ein Metallteil über ihnen gewesen, das verrutscht war. Vor ihm öffnete Justus den Eingang zur Zentrale und trat hindurch. Bob zog den Kopf ein und folgte ihm. Und erst, als sich die Tür hinter Peter schloss, merkte der Zweite Detektiv, dass er seit dem Knacken nicht mehr geatmet hatte.

Alle drei lauschten in die Stille, warfen sich bange Blicke zu und ließen dabei die Tür nicht aus den Augen.

Erst über eine Minute später drehte sich Justus zum Schreibtisch um und nahm auf seinem Chefsessel Platz. »Wir haben eine Menge Arbeit vor uns, Kollegen.«

9. DEZEMBER

Köder mit Schleifchen

Am nächsten Morgen war es nicht der Wecker, der Justus aus seiner viel zu kurzen Nachtruhe riss. Ein unwiderstehlicher Duft nach frisch gebackenen Plätzchen wehte durchs Haus, fand seinen Weg durch das Schlüsselloch von Justus' Zimmertür und kitzelte seine Geruchsnerven. Noch mit geschlossenen Augen hob der Erste Detektiv die Nase aus dem Bett und sog den verführerischen Geruch von Zimt und Anis ein. Eine Sekunde später plärrte der Wecker sein nervtötendes *Bibibibip-Bibibibip* in die Welt.

»Ist ja gut.« Justus schlug die Augen auf, schaltete den Alarm aus und quälte sich aus dem Bett.

Der Duft zog ihn nach unten, Richtung Küche. Als der Erste Detektiv die Tür öffnete, hantierte seine Tante mit einem brandheißen Ofenblech, auf dem zwei Dutzend goldgelbe Plätzchen in Sternform lagen.

Onkel Titus saß am Küchentisch, reckte das Kinn und schnupperte. »Das riecht ja wirklich köstlich, mein Engel. Exquisit.«

»Du kannst Süßholz raspeln, so viel du willst, die Plätzchen sind für den Weihnachtsbasar.« Tante Mathilda stellte das Blech auf ein Holzbrett.

»Ach, Liebling. Nur eines. Jemand muss doch dein kulinarisches Kunstwerk vorkosten.«

»Papperlapapp. Hol lieber endlich mal dein Weihnachtsmannkostüm vom Dachboden, damit ich mir ansehen kann, ob ich daran wieder was ausbessern muss. Letztes Jahr hatten dir die Mäuse ein faustgroßes Loch in deinen Allerwertesten gefressen.«

Onkel Titus schnappte sich seine Teetasse und zog murrend von dannen. Justus ging zum Kühlschrank, holte die Milch raus und sah zur Uhr. Ein paar Minuten hatte er noch.

»Guten Morgen, mein Großer.« Tante Mathilda zog sich die Ofenhandschuhe aus und lächelte ihren Neffen an. »Du siehst aber müde aus.«

»Hm. Ist spät geworden gestern.« Justus goss sich ein Glas Milch ein.

Tante Mathilda sah zur Tür und senkte die Stimme. »Und? Was hast du für den alten Knasterbart gekauft?«

»Mir … kam gestern was dazwischen. Aber ich muss heute sowieso noch mal nach Santa Monica, dann sehe ich nach dem Bauchpolster.« Justus wandte sich zur Tür.

»Das ist gut. Dieses Jahr tut's das alte noch. Aber wenn er nächstes Jahr kein neues hat, muss ich deinen Onkel ordentlich mästen, bevor er Santa Claus spielen darf.« Tante Mathilda lachte. »Apropos.« Sie nahm zwei Kekse vom Blech, legte sie auf einen kleinen Teller und drückte Justus die ofenwarmen Köstlichkeiten in die Hand. »Aber sag's nicht weiter.« Sie zwinkerte ihm zu und machte sich wieder an ihre Weihnachtsbäckereien.

Als der Erste Detektiv wenig später die Zentrale betrat, war es kurz nach acht Uhr. Er griff zum Telefon, wählte die Nummer und wartete. Nach drei Freizeichen hob jemand ab. »Guten Morgen. Mein Name ist Justus Jonas. Könnten Sie mich bitte mit Mr Puckle verbinden?«

Peter und Bob trafen zehn Minuten später ein. Auch ihnen war anzusehen, dass die gestrigen Vorbereitungen bis tief in die Nacht angedauert hatten.

»Morgen.« Peters Blick fiel auf den Teller mit den Krümeln. »Gibt's da, wo das herkam, noch mehr davon?«

Justus schüttelte den Kopf. »Ich fürchte, dazu müsstest du mit Tante Mathilda einen Kampf auf Leben und Tod ausfechten.«

»Du siehst aber gar nicht nach Leben und Tod und so aus. Müde, ja, aber ansonsten ziemlich unversehrt.«

»Ich bin ja auch ihr Lieblingsneffe.« Justus grinste.

Bob setzte sich auf einen der jetzt wieder freien Sessel. »Hast du Puckle schon erreicht?«

»Ja. Er weiß Bescheid.«

»Und? Spielt er mit?«

»Er findet die Idee gut. Zwei seiner Security-Leute werden auch eingeweiht sein und uns vor Ort unterstützen.«

»Sehr gut.«

»Dann lasst uns mal aufbrechen«, sagte Peter. »Ich habe noch nicht gefrühstückt und will mir irgendwo unterwegs einen Kakao und einen Bagel holen.«

Dreißig Minuten später stellte Bob seinen Käfer auf dem Kundenparkplatz von *Garcy's* ab. Einige Autos standen dort schon, aber die gehörten sicher Mitarbeitern. Das Kaufhaus öffnete erst um halb zehn.

»Wir sollten uns beeilen«, mahnte Justus und hob den Sack aus dem Auto. »Ich möchte fertig sein, wenn die ersten Kunden kommen.«

Wie der Erste Detektiv mit Puckle vereinbart hatte, liefen sie zum Personaleingang, wo der Security-Mitarbeiter mit dem Schnauzbart schon auf sie wartete.

»Morgen, Jungs.«

»Guten Morgen, Mr …?« Justus lächelte und sah den älteren Mann fragend an.

»Mike, nur Mike.« Er lächelte und winkte die Jungen durch den Eingang. Dann brachte er sie zur Bühne, vor der Puckle, die Hände auf dem Rücken, rastlos hin- und herlief. Der zweite Security-Mann – um die vierzig, buschige schwarze Augenbrauen – stand gelangweilt mit verschränkten Armen am Rand der Bühne und gähnte.

»Da seid ihr ja, sehr schön.« Puckle flog ihnen entgegen. »Jetzt aber hurtig. Dieser Verbrecher wird sicher so schnell wie möglich zuschlagen wollen.«

»Das wäre durchaus möglich.« Der Erste Detektiv stellte den Sack neben den Weihnachtsbaum, in dem Santa Claus gestern gelandet war. Ein paar Geschenkattrappen standen noch darunter, aber tatsächlich waren etliche bei dem Sturz beschädigt und deshalb entsorgt worden.

»Vielleicht sollten wir die Päckchen auch unter dem anderen Baum verteilen«, meinte Bob. »Je besser wir sie im Blick haben, desto leichter erkennen wir, auf welches er es abgesehen hat.«

»So machen wir's.« Peter griff in den Sack. »Ich fang schon mal an.« Er grinste. »Irgendwie wie Weihnachten.«

»Und ihr wisst jetzt genau, was wo drin ist?« Puckle sah in den Sack. »In dem da zum Beispiel.«

Justus nahm das Päckchen mit blauem Geschenkpapier, auf dem kleine goldene Glöckchen prangten, heraus. »Wir haben jedes Ihrer Geschenke neu verpackt. Aber eben mit einem anderen Papier, anderer Deko, anderer Schleife. Und uns notiert, was jetzt wo drin ist. In diesem Päckchen befindet sich ein Schokoladenengel.«

»Das weißt du sogar auswendig?«

»Das riecht er.« Peter lächelte und warf einen bedeutungsvollen Blick auf Justus' Taille, auf der ein paar Kilo zu viel lagen.

Der Erste Detektiv knurrte etwas Unverständliches und legte das Geschenk zurück in den Sack.

»Aha, verstehe.« Puckle nickte irritiert und seine blonden Federhaare wippten im Takt. »Und wieso glaubt ihr jetzt noch mal, dass er es auf ein bestimmtes Geschenk abgesehen hat?«

»Der Elf war gestern Abend sehr daran interessiert, was mit den Geschenken passiert, die wir Ihnen auf Ihre angebliche Bitte hin zurückgebracht haben«, erklärte Justus. »Es ging ihm eindeutig um die Geschenke.«

»Aha. Also greift er sich das, das er gestern wollte, wo aber nicht mehr das drin sein wird, was er denkt, dass drin ist.«

»Genau.« Peter holte sich drei neue Pakete ab. »Vielleicht können wir und Ihre Leute den Kerl schon dingfest machen, wenn er sich eines der Päckchen geschnappt hat. Und falls das schiefgeht, hat er irgendwelchen Kram und wir wissen zumindest, was er eigentlich wollte, und können mit diesem Wissen weiter ermitteln.«

Puckle runzelte die Stirn. »Eines verstehe ich aber trotzdem nicht: Warum hat er sich das Geschenk nicht schon gestern in der Werkstatt geschnappt? Er muss ja zugesehen haben, wie es verpackt wurde, sonst hätte er gar nicht gewusst, in welchem Päckchen es ist.«

»Vielleicht ging das aus irgendeinem Grund nicht«, meinte Bob. »Oder er wollte die Aufmerksamkeit nicht auf genau dieses Geschenk lenken.«

»Oder er dachte, dass es auf der Bühne einfacher wäre«, ergänzte Peter.

Puckle zögerte einen Moment, dann wippte sein blondes Vogelnest erneut. »Okay. Wie auch immer. Lasst uns den Kram unter den Bäumen platzieren, damit wir uns auf die Lauer legen können, um diesen Barbaren auf frischer Tat zu ertappen.«

Wenige Minuten später waren alle 33 Geschenke aus dem Sack ausgelegt. Puckle betrachtete zufrieden die Falle, die die Jungs gestellt hatten, und gab dann über sein Handy Bescheid, dass die Türen des Kaufhauses für die Kunden geöffnet werden konnten. Justus, Peter und die zwei Security-Männer suchten sich Positionen im Verkaufsraum, von denen aus sie die Bühne gut im Blick hatten, ohne selbst allzu leicht bemerkt zu werden.

»Soll ich euch nicht doch helfen?«, fragte Bob verdrießlich. »Sechs Augen sehen viel mehr als vier. Oder zehn mehr als acht.«

»Wir schaffen das schon, Dritter.« Peter ließ seine Augenbrauen hüpfen. »Schlüpf du mal schön in deine gelben Strumpfhöschen, spitz die spitzen Öhrchen und spionier hinter den feindlichen Elfenreihen.«

10. DEZEMBER

Auf frischer Tat

Bob ergab sich murrend in sein Schicksal. Er erkundigte sich noch bei Puckle, wo er hinmusste, und der Direktor schickte ihn zu den Umkleiden der Schlafanzugabteilung. Dort würde ihn Larry in Empfang nehmen und sich um alles kümmern.

»Okay, Leute. Dann haltet mal die Augen auf.« Der dritte Detektiv hob halbherzig die Hand und trabte los.

»Juhuh!«, rief Larry schon von Weitem und winkte, als sei Bob sein allerbester Freund, den er seit vielen Jahren nicht mehr gesehen hatte. »Hierher!«

Der dritte Detektiv umkurvte einen Tisch mit knallgrünen Schlafanzügen, auf denen einäugige Monster prangten. »Guten Morgen.« Er lächelte bemüht.

»Ah, warum denn so miesepetrig? Gleich verwandeln wir dich in ein zauberhaftes Elfchen! Ist das nicht wunderbar?«

»Ich kann's kaum erwarten.«

»Dann mal rein in die gute Stube.« Larry wirbelte herum und schob den Vorhang einer Umkleidekabine beiseite.

Zehn Minuten später wäre Bob am liebsten in irgendein Mauseloch gekrochen. Der Spiegel vor ihm zeigte eine Gestalt, von der hier zwar jede Menge herumliefen. Aber zu wissen, dass *er* sich gleich in diesen hautengen Strumpfhosen, mit diesem albernen Jäckchen und den spitzen Plastiköhrchen unter Leute begeben sollte, ließ ihn unter der Maske rot werden.

»Ganz fabelhaft.« Larry klatschte in die Hände. »Der geborene Elf. Die Kunden werden dich lieben.«

»Ja, da bin ich mir sicher.« Bob zupfte an seiner Maske herum, damit so viel wie möglich von seinem Gesicht verdeckt war. »Aber ich habe mir ja nicht wegen der Kunden dieses … Kostüm angezogen.«

»Ja, natürlich.« Larry zwinkerte verschwörerisch. »Du bist diesem Dunkelelf auf der Spur, schon klar. Hier und hier.« Larry reichte Bob eine Namensliste aller Angestellten sowie die Keycard, mit der er zu sämtlichen Bereichen des Kaufhauses Zugang hatte. Auch das war mit Puckle so vereinbart worden.

»Danke sehr.« Bob linste durch den Spalt des Vorhangs. »Dann … mache ich mich mal an die Arbeit.«

»Und immer schöne Trippelschrittchen, nicht vergessen! Wir Elfen sind grazile Wesen.«

Auf gar keinen Fall werde ich hier trippeln. Bob trat betont forsch aus der Kabine.

Die Liste hatte sich der dritte Detektiv geben lassen, weil jeder Angestellte auf seinem Elfenjäckchen ein Namensschild trug. Und zum Glück stand da nicht Arwen, Galadriel oder Puck, sondern der richtige Name. So konnte Bob einen Mitarbeiter nach dem anderen als möglichen Verdächtigen ausschließen oder in die engere Wahl nehmen, je nachdem, ob der Körperbau in etwa dem ihres gestrigen Gegners entsprach oder nicht. Bob arbeitete sich vom zweiten Stock nach unten vor. Am Ende hatte er 22 Angestellte gesichtet, von denen drei infrage kamen. Eigentlich nur zwei, aber Bob zog in Betracht, dass der Mann seine Verkleidung vielleicht ein wenig manipuliert hatte. Dickere Waden, flacherer Bauch. Dan Howell, Miguel Petrosa und Wayne Paulsen waren alle um die 1,85 Meter groß, zwischen dreißig und vierzig Jahre alt und anatomisch in etwa so gebaut wie der Elf, der Santa Claus angegriffen hatte. Aber keiner von ihnen trieb sich im Augenblick in der Nähe der Bühne herum. Vielleicht befand sich ihr Mann ja unter den vierzehn Angestellten, die gerade freihatten.

Bob machte sich auf den Weg zum Personalbereich. Diese Vorgehensweise hatten die drei Jungen gestern Abend in der Zentrale noch so abgesprochen. Erst eine grobe Sichtung der Verdächtigen, dann die Spinde im Personalbereich, danach eventuell die eine oder andere Unterhaltung.

Die Keycard ließ die verglaste Tür problemlos aufspringen. Bob betrat die Räumlichkeiten, die nur für Angestellte zugänglich waren, und lauschte. Es war ruhig hier. Sogar die Lautsprecher hatte man leiser gedreht. Vermutlich wollten sich die Mitarbeiter von dem Dauergedudel auch mal erholen. Gerade lief wieder *Next Christmas …*

Bob ging weiter und warf einen Blick in die drei Räume. Männer- und Frauenumkleide sowie Aufenthaltsraum. An der Frauenumkleide klopfte er vorher leise an, ohne Reaktion. Tatsächlich befand sich im Moment niemand in diesem Bereich, was ihn nicht sonderlich wunderte. Das Kaufhaus hatte gerade erst geöffnet und die erste Pause ließ sicher noch ein wenig auf sich warten. Zielstrebig wandte sich der dritte Detektiv den Spinden in der Männerumkleide zu.

Jeder Mitarbeiter hatte natürlich einen eigenen. Und jeder Spind war mit einem Vorhängeschloss gesichert, was Bob aufatmen ließ. Ein digitales Schloss hätte er nicht knacken können, aber diese herkömmlichen Schlösser würde er mit Peters Dietrichset und der kurzen Einweisung, die ihm der Zweite Detektiv gestern Abend noch gegeben hatte, vielleicht aufbekommen.

Auch davon wusste Puckle. Und es hatte ihm keine Sekunde Bauchschmerzen bereitet, dass die drei ??? die Spinde seiner Angestellten unter die Lupe nehmen wollten. Um diesen »Attentäter«, so Puckle wörtlich, zu fassen, war ihm offenbar jedes Mittel recht.

Bob nahm sich zuerst den Schrank von Dan Howell vor. Er führte die beiden kleinen Dietriche in das Schloss ein, versuchte die Stifte zu erfühlen und bewegte sein Werkzeug sachte hin und her. Bei Peter hatte es gestern keine dreißig Sekunden gedauert, bis der Bügel des Testschlosses vom Schrottplatz aufgesprungen war. Und auch Bob schaffte es. Zwar brauchte er mehr als drei Minuten, aber dann klickte es.

»Ha, ich hab's.«

Der Schrank von Howell war allerdings nicht wirklich ergiebig. Darin befand sich nur seine Straßenkleidung, sonst nichts.

Der Spind von Petrosa, den Bob schon nach zwei Minuten geknackt hatte, war da persönlicher eingerichtet. Zwei Poster an der Innenseite der Tür, die chromglänzende Sportflitzer zeigten, ein Herrenparfüm, eine Bürste, Kamm, Zahnpasta, Spielkarten, Kaugummis, Ersatzkleidung, ein Tennisschläger, Instant-Kaffee, Zuckertütchen, Stifte … Bob gewann fast den Eindruck, der Mann würde in dem Schrank wohnen. Doch irgendwie aufschlussreich waren all diese Dinge am Ende nicht.

Paulsens Spind hatte der dritte Detektiv nach knapp einer Minute auf. Und kaum hatte er das Vorhängeschloss entfernt, schwang die Tür auf und ein Haufen Zeug fiel ihm entgegen.

»Na, aber hallo?« Bob bückte sich und hob einen Schokoladennikolaus auf. Wieso hortete dieser Paulsen diese Unmengen von Süßkram in seinem Spind? Konnte es vielleicht sein, dass er all diese Sachen –

Plötzlich legte sich ihm von hinten eine schwere Hand auf die Schulter. Bobs Herz blieb für einen Moment stehen und er zog unwillkürlich den Kopf ein.

»Na, wen haben wir denn hier?«

Der dritte Detektiv drehte sich langsam um. Ein Riese von einem Mann stand vor ihm und entblößte seine Zähne zu einem fiesen Grinsen.

»Das ist nicht dein Spind, richtig?«

Bob schluckte. »Äh, nein, aber –«

»Genau. Äh, nein.« Der Mann stieß ein heiseres Lachen aus. »Wir zwei müssen uns mal unterhalten.« Er packte Bob am Arm und zog ihn mit sich, als wäre er eine Spielzeugpuppe.

11. DEZEMBER

Kurzfinger

Bei Justus und Peter tat sich nichts. Das Kaufhaus füllte sich, Kunden liefen an der Bühne vorbei, manche blieben stehen, ein Vater bückte sich sogar und hob eines der Päckchen auf. Aber dann schüttelte er es vor den Augen seines kleinen Sohnes, lauschte, ob was drin war, lachte und legte es wieder hin.

Peter hatte sich seinen Beobachtungsposten in der Parfümabteilung gesucht, die der Bühne direkt gegenüberlag. Niedrige Verkaufstische, die sich zu einem Viereck gruppierten, aber genau so viel Abstand zwischen sich ließen, dass der Zweite Detektiv die beiden Weihnachtsbäume gut im Blick hatte. Sein Problem war jedoch, dass ihm der überwältigende Parfümgeruch schier den Atem raubte und ihm ganz allmählich übel davon wurde. Und schwindlig. Das süßliche Gewölk verklebte ihm förmlich das Hirn, und wenn er hier noch lange –

Was war das? Peter war schlagartig wieder bei Sinnen. Ein kleiner Junge mit struppigen braunen Haaren war auf den rechten Weihnachtsbaum zugegangen und hatte sich zielsicher das rote Paket mit den goldenen Schleifchen genommen. Jetzt klemmte er sich das Geschenk unter den Arm und entfernte sich auf dem gleichen Weg, auf dem er gekommen war. In aller Seelenruhe, ohne sich umzudrehen.

Peter schob den Kopf über den Tresen und sah zu Justus, der keine fünf Meter entfernt hinter einem Rentier kauerte. »Just? Hast du das gesehen?«

»Ich bin ja nicht blind.«

»Und jetzt?«

Der Erste Detektiv dachte kurz nach. »Folge du dem Knirps und nimm ihm das Geschenk wieder ab. Ich halte hier in der Zwischenzeit die Stellung.«

»Okay.« Peter kam hoch, setzte sich auf den Tresen und schwang die Beine auf die andere Seite. Der braune Haarschopf schob sich gerade an dem gläsernen Iglu vorbei, in dem die scheußlichsten Weihnachtspullis lagen, die Peter je gesehen hatte.

Der Junge schien wirklich alle Zeit der Welt zu haben. Und vor allem zu glauben, dass das so in Ordnung war, was er da eben gemacht hatte. Als hätte man das Geschenk einzig und allein für ihn unter den Baum gelegt. Peter konnte erkennen, dass der Junge eher schäbig gekleidet war. Die Jeans war alles andere als sauber, das Sweatshirt verblichen, zu groß und hinten ausgerissen. Und vorhin am Weihnachtsbaum glaubte er gesehen zu haben, dass einem Turnschuh die Schnürsenkel fehlten.

Peter ging für einen Moment der Gedanke durch den Kopf, dass der Junge an Weihnachten vermutlich nicht auf allzu viele

Geschenke hoffen durfte. Wenn er überhaupt welche bekam. Und dass es niemandem wirklich wehtat, wenn er die Kleinigkeit behielt, die er sich da unter den Nagel gerissen hatte. Aber darum ging es im Augenblick nicht. Der Zweite Detektiv beeilte sich. Der Elf konnte jeden Moment zuschlagen.

Der Knirps lief unbeirrt weiter durch das Kaufhaus, ignorierte eine Pyramide aus Fußbällen und sogar eine Mitarbeiterin in einem rauschenden Engelskostüm, die ihm einen Lebkuchen anbot. Der Junge schien genau das zu haben, was er wollte.

Doch plötzlich, auf halbem Weg zum Ausgang, blieb er stehen und drehte sich um. Sein Blick flog an den Menschen hinter ihm vorbei und blieb an Peter hängen. Fast so, als hätte er gespürt, dass der ihm folgte. Über das Gesicht des Jungen huschte ein verschmitztes Lächeln, dann wirbelte er herum und rannte los.

Peter war so überrascht, dass er einen Augenblick brauchte, bis er ebenfalls Tempo aufnahm. Der Kleine schien Augen im Hinterkopf zu haben. Oder eine Art sechsten Sinn für Leute, die ihm auf den Fersen waren. Außerdem war er flink wie ein Wiesel und mindestens so wendig. Er umkurvte die Kunden wie Slalomstangen, duckte sich hier unter einer Einkaufstüte hinweg, sprang dort über einen Schlitten und verlor dabei kaum an Geschwindigkeit. Peter dagegen musste sich bei etlichen Leuten entschuldigen, weil er vorbeiwollte oder sie angestoßen hatte, und am Ausgang hatte er einige Meter auf den kleinen Dieb verloren. Aber er sah ihn. Der Junge stoppte draußen vor dem Kaufhaus am Rand des Bürgersteigs, blickte kurz nach rechts und links und stürmte wieder los. Obwohl von jeder Seite Autos kamen!

Doch der Kleine wusste offenbar genau, was er tat. Er sprang dicht vor einem Kleinlaster über den ersten Fahrstreifen, ließ einen Kombi so knapp an sich vorbei, dass es ihm die Haare aufwirbelte, ignorierte das Hupkonzert, stoppte auf der Gegenfahrbahn einen Kleinbus mit einem energischen Handzeichen, schaffte es vor einem Motorradfahrer zum gegenüberliegenden Bürgersteig, rutschte dort über die Motorhaube eines parkenden BMW und – blieb stehen. Ein Blick über die Schulter zeigte ihm, dass Peter immer noch auf der anderen Seite der Straße stand. Der Junge winkte ihm zu und rannte in den angrenzenden Douglas Park.

Jetzt wurde es Peter dann doch zu bunt. Er ließ sich von so einem Dreikäsehoch doch nicht an der Nase herumführen. Glücklicherweise tat sich gerade eine Lücke im Verkehr auf, sodass Peter im Nu auf der anderen Straßenseite war. Und jetzt gab er Gas. Den Jungen fest im Blick, spurtete er in den Park und erhöhte sekündlich sein Tempo.

Der Kleine hatte noch einigen Vorsprung, aber der schmolz zusehends. Peter war zuversichtlich, dass die Jagd nicht allzu lange dauern würde. Dann war der Junge kurz außer Sicht, weil er um eine Biegung gelaufen war. Als Peter ihn wieder sah, verlangsamte der Kleine vor einer Parkbank sein Tempo. Ging ihm die Luft aus? Auf der Bank saß zu Peters Verwunderung ein Elf. Vermutlich einer der Angestellten von *Garcy's*, der hier seine Pause genoss. In dem Moment drehte sich der Junge um, sah nach hinten, erschrak sichtbar, weil Peter schon so nah war, und eilte weiter.

Der Douglas Park war nicht allzu groß. Ein paar kleine Rasenflächen, die vor allem als Hundeklo dienten, zwei Dutzend kahler Bäume, ein Spielplatz. Der Junge hetzte auf der anderen Seite des Parks zwischen zwei Büschen hindurch und überquerte, ohne sich umzusehen, die nächste Straße. Peter war keine zwanzig Meter mehr hinter ihm und schaffte es auch noch vor dem herannahenden Lieferwagen auf die andere Straßenseite. Der Junge rannte auf dem Bürgersteig ein kleines Stück nach rechts, jagte ein paar steinerne Stufen hinauf und zog mit aller Kraft an der schweren Holztür einer – Kirche? Im nächsten Augenblick hatte ihn der dunkle Eingang verschluckt.

Ganz kurz zögerte Peter. Eine Kirche? *St. Mary*, las er in einem gläsernen Informationskasten für die Gemeindemitglieder neben dem Eingang. Was wollte der Knirps denn in einer Kirche? Egal. Peter lief ebenfalls die Stufen hinauf, öffnete die Tür und trat ein.

»Aha. Dacht ich's mir doch.«

»Nein, Pater, nein! Bitte nicht!«

Der Zweite Detektiv kniff die Augen zusammen, um besser in das Halbdunkel des Kirchenschiffs sehen zu können. Dort vorne, im Mittelgang zwischen den Bankreihen, stand ein fülliger Mann mit lichtem Haarkranz. Der schwarze Talar, der ihm bis auf seine Knöchel fiel, ließ keinen Zweifel daran, dass er ein Priester war. Aber viel bemerkenswerter war das zappelnde und zeternde Etwas an seiner rechten Hand, das sich zwar nach Kräften wehrte, jedoch keine Chance hatte, dem Griff des Priesters zu entkommen.

12. DEZEMBER

Der Alligator

»Und ihr seid euch ganz sicher?« Puckle, der wieder einmal Muster in den Teppich seines Büros lief, blieb vor Justus stehen.

Der Erste Detektiv deutete auf sein Handy. »Nach dem, was mir Peter eben berichtet hat, scheint die Sachlage klar zu sein.«

»Mann, Mann.« Puckle wetzte wieder los. »Dieser Kerl ist raffinierter, als wir alle dachten. Der hält uns doch zum Narren.«

»Er ist nicht dumm, das ist richtig. Allerdings haben wir jetzt einen ersten Anhaltspunkt, worum es ihm geht. Denn unserer Liste zufolge befand sich gestern in dem Päckchen, das der Junge mitgenommen hat –«

Die Tür ging auf und ein riesenhafter Security-Mitarbeiter, den Justus noch nicht kannte, schob einen Elf ins Büro. Den Elf allerdings erkannte Justus trotz Verkleidung. Es war Bob.

»Chef, der Kerl hier hat sich an den Spinden zu schaffen gemacht. Hab ihn auf frischer Tat ertappt.« Der Mann, der über einen Kopf größer war als Bob, hielt den dritten Detektiv am Arm und grinste ihn wichtigtuerisch an.

Bob zog sich die Maske vom Gesicht. »Nein, das ist nicht richtig. Ich habe Ihnen doch schon –«

»Ja, und er behauptet die ganze Zeit, dass Sie ihm das erlaubt haben.« Der Mann lachte. »Selten so 'ne dämliche Ausrede gehört. Soll ich ihn –«

»Sie sollen gar nichts.« Puckle machte eine Bewegung mit seinen Händen, dass der Mann Bob loslassen sollte. »Das hat alles seine Ordnung. Gehen Sie wieder an Ihre Arbeit.«

»Aber … ich verstehe nicht …«

»Müssen Sie auch nicht. Und jetzt raus, wir haben zu tun.«

Dem Mann fiel die Kinnlade nach unten. »Ja, dann … gehe ich mal.« Er drehte sich um und verließ kopfschüttelnd das Büro.

»Hi, Dritter. Alles klar bei dir?«, fragte Justus seinen Freund.

Bob rieb sich den Oberarm. »Geht schon. Aber der Kerl hat einen Griff wie ein Schraubstock.«

»Irgendetwas Brauchbares entdeckt?«

»Nein, eher nicht. Aber ich glaube, Mr Puckle, dass sich einer Ihrer Angestellten nebenher auf illegale Weise etwas dazuverdient. Ich denke, ich bin bei meinen Nachforschungen einem Dieb auf die Schliche gekommen.«

»Einem Dieb?« Puckle fixierte Bob mit einem stechenden Blick. Auch Justus musterte seinen Freund aufmerksam.

»Ja. In dem Spind, vor dem mich der Security-Riese erwischt hat, lagen Unmengen an Weihnachtssüßkram. So viel, dass mir das Zeug entgegenfiel, als ich die Tür aufmachte.«

»Ach so.« Puckle winkte genervt ab. »Beschädigte Ware. Das Zeug war sicher irgendwie ramponiert, oder?«

Bob nickte verhalten. Ein paar Süßigkeiten hatten tatsächlich etwas mitgenommen ausgesehen. »Könnte sein, ja.«

»Unsere Mitarbeiter können solche Waren zu einem Spottpreis kaufen. Und du hast sonst nichts gefunden, was uns weiterbringt?«

»Bis auf drei Angestellte, die von ihrer äußeren Erscheinung her als Verdächtige infrage kommen, nein. Aber keiner von ihnen war heute Morgen in der Nähe der Bühne, soweit ich das beurteilen kann. Hat sich denn bei euch etwas getan?« Bob sah Justus an.

»Ja, aber anders als erwartet. Peter müsste jeden Moment hier sein, dann erfährst du alles aus erster Hand.«

Fünf Minuten später betrat Peter mit dem Geistlichen und dem kleinen Geschenkedieb Puckles Büro. Matty, so der Name des Jungen, sah so mürrisch drein, als würde er am liebsten jemanden fressen. Der Zweite Detektiv stellte alle einander vor und berichtete dann in kurzen Worten, was er erfahren hatte.

»Ich kümmere mich, so gut es eben geht, um Matty und den Rest der Straßenbande«, ergänzte Pater Joseph. »Aber die Jungs kommen alle aus schwierigen Verhältnissen. Und auch wenn wir grundsätzlich ganz gut miteinander klarkommen und die Kids mir vertrauen, sind wir doch nicht immer einer Meinung, was richtig und was falsch ist. Nicht wahr, Matty?« Er strubbelte dem Jungen über die braunen Bürstenhaare, worauf der unwirsch den Kopf wegzog.

»Ich bin der Alligator! Mann!«

»Entschuldige, ich vergaß.« Pater Joseph machte ein furchterregendes Gesicht.

»So.« Puckle baute sich vor dem Knirps auf. »Dann hat dir also jemand Geld dafür gegeben, dass du das Geschenk mitnimmst.«

»Das hat der da doch schon alles erzählt.« Matty deutete mit dem Daumen auf Peter und sah gelangweilt zu dem Monitor mit den Überwachungsbildern auf Puckles Schreibtisch. »Ist ja voll öde. Habt ihr auch Computerspiele?«

»Was?« Puckle starrte den Jungen verdattert an.

»Wie viel hat er dir denn versprochen?«, wollte Bob wissen.

»Fünf Dollar hab ich gleich gekriegt. Und noch mal fünf, wenn ich ihm das Teil bringe.«

»Und wann genau habt ihr das ausgemacht?«

»Bin ich 'ne blöde Bahnhofsuhr, oder was?«

»Matty, benimm dich!«, wies ihn Pater Joseph zurecht.

»Vor 'ner Stunde oder so, weiß nich.«

»Und wie hat der Mann ausgesehen?«, fragte Justus. »Kannst du dich an irgendwelche Details erinnern?«

Matty machte große Augen. »Die Thais? Die Gang von diesem beknackten Rattana? Hey, was haben die Thais in unserem Viertel zu suchen? Die sollen in ihrem vergammelten Little Asia bleiben.«

»Einzelheiten«, sagte Peter. »Er meint, ob du dich an Einzelheiten erinnern kannst, wie der Mann ausgesehen hat.«

Matty sah Justus an, als könne der nicht bis drei zählen. »Dann sag das doch und schwafel hier nicht rum von wegen Thais und so. Und ja, klar weiß ich, wie der Typ ausgesehen hat.«

Puckle streckte den Kopf vor. »Und? Wie denn?«

Matty nickte zu Bob. »Wie der da. Die gleichen bescheuerten Hosen, die gleichen affigen Lauscher und auch der Rest – wie Zwillinge. Seid ihr in irgendeinem Verein oder so?«

»Der Elf!«, entfuhr es Peter.

»Ja. Natürlich der Elf.« Puckle warf dem Zweiten Detektiv einen verständnislosen Blick zu. »Er hat den Jungen beauftragt, das wissen wir ja schon.«

»Nein, das meinte ich nicht. Als ich Matty verfolgt habe, kam ich an einem Elf vorbei, der im Park auf einer Bank saß.«

»Um diese Zeit?« Puckle blinzelte verstört. »Die Mittagspause beginnt erst in einer halben Stunde. Wieso saß da einer unserer Angestellten auf einer Bank im Park?«

»Was meine Vermutung bestätigt«, erwiderte Peter und wandte sich Matty zu. »Das war dein Auftraggeber, nicht wahr? Du bist bei der Bank langsamer geworden, weil du ihm das Päckchen übergeben wolltest?«

Matty sah zur Seite. »Kann schon sein.«

»Matty?« Pater Joseph sah seinen Schützling streng an.

»Ja, das war der Typ. Aber weil du hinter mir her warst, gehen mir jetzt die fünf Dollar flöten!«, fauchte Matty.

»Tja, Alligator.« Peter zuckte die Schultern. »Berufsrisiko.«

»Idiot«, knurrte Matty, wofür ihm Pater Joseph erneut einen kleinen Rüffel verpasste.

Justus erhob sich von dem Sofa und legte die Liste auf den Tisch, auf der er gestern Abend alle Geschenke vermerkt hatte. »Diese Informationen bringen uns im Moment nicht weiter. Aber zumindest wissen wir jetzt, worauf es der Elf abgesehen hat.«

13. DEZEMBER

Eine schräge Nachtmusik

»Nämlich?«, fragte Puckle. »Worauf denn?«

»Es ist die Spieluhr. Die war gestern in dem Päckchen, das Matty dem Elf bringen sollte.«

»Die Spieluhr?«, echote Peter. »Was will er denn mit einer Spieluhr?«

»Finden wir es heraus.« Der Erste Detektiv zog den Sack heran und sah hinein. Nach Peters Anruf hatte er die restlichen Geschenke wieder eingesammelt. »Wir haben die Spieluhr in das Päckchen mit dem silbernen – Ah, das ist es.« Justus holte ein in silbernes Glitzerpapier verpacktes Geschenk heraus, stellte es vor sich auf den Tisch und zog an der roten Schleife. Eine kleine Pappschachtel kam zum Vorschein, die Justus ebenfalls öffnete. Dann nahm er die Spieluhr heraus und hielt sie so, dass alle sie sehen konnten.

»Das Ding da wollte er haben?« Puckle kam näher und schob seine Hakennase nach vorne. »Was soll daran so besonders sein?«

Justus drehte das Spielzeug in seinen Händen und besah es

sich erneut von allen Seiten. Ein rot-weißes, viereckiges Holzkästchen, etwa so groß wie ein Stück Butter. Zwei Engelchen mit Posaune und Flöte standen oben auf einer Drehscheibe. An einer Seite ragte eine kleine Kurbel aus dem Kästchen.

»Ganz nett. Aber wertvoll?« Peter bückte sich und sah unter den Boden des Kästchens. »Da steht nichts, wo es herkommt. Sieht auch irgendwie handgemacht aus, findet ihr nicht?«

»Ja.« Justus nickte. »Ist mir gestern Abend schon aufgefallen. Nicht wirklich kunstfertig, aber das ist eindeutig ein Unikat, das jemand eigenhändig angefertigt hat.« Er bemerkte, dass die Platte, auf der die Engel standen, etwas schief in dem Kästchen lag. Und tatsächlich ließ sie sich ohne Probleme abnehmen.

»Ist was drin?« Bob reckte den Hals. »Diamanten, Microchip, ein Zettel?«

Der Erste Detektiv schüttelte den Kopf. »Stiftwalze, Tonzungen, Dämpfer … alles, wie es sein soll. Und sonst nichts.«

»Spiel das Ding doch mal«, forderte Peter ihn auf.

Justus nahm die kleine Kurbel zwischen Daumen und Zeigefinger und begann, sie zu drehen. Erste Töne erklangen.

»Das hab ich schon mal gehört«, sagte Peter.

Bob nickte. »Mozart. *Eine kleine Nachtmusik*. Etwas geeiert und schräg, aber unverkennbar.«

Justus fasste in das Spielwerk. »Die Walze sitzt nicht richtig, deshalb klingt die Melodie so unrund.« Er drückte und ruckelte an der Walze, aber besser ließ sie sich nicht einpassen.

»War wohl nicht so der Profi, der das Teil zusammengeschustert hat«, meinte Peter.

»*Eine kleine Nachtmusik.*« Der Erste Detektiv legte die Spieluhr zurück in die Schachtel, zupfte an seiner Unterlippe und starrte dabei auf den Monitor auf Puckles Schreibtisch. »Wieso ist dieser Mann so erpicht auf diese Spieluhr?«

Matty sah Pater Joseph an und machte den Scheibenwischer. Der schüttelte streng den Kopf.

»Ist die Melodie ein Hinweis?« Justus war ganz in Gedanken. »Ist sie eine Art Schlüssel? Müssen wir vielleicht –« Der Erste Detektiv hielt urplötzlich inne. Dann fixierte er den Monitor und stand langsam auf. »Diese Ansicht da! Darauf war doch eben – nein, jetzt ist es weg. Können Sie das noch einmal auf den Bildschirm holen?« Er schaute zu Puckle.

»Was? Was ist denn los?«

Peter und Bob fragten sich das Gleiche. Was hatte Justus gesehen?

»Diese Einstellung eben!« Justus deutete aufgeregt auf den Monitor. »Da war ein Verkaufstisch zu sehen und es sah für einen Moment so aus, als lägen da jede Menge von diesen Elfenkostümen herum.«

Puckle zuckte die Schultern. »Ja und? Natürlich verkaufen wir die Kostüme auch. Die Leute sind ganz wild drauf.«

Bob riss die Augen auf, Peter stöhnte, Justus schaute den Direktor fassungslos an.

»Die Werkstatt«, sagte Bob.

»Die Glasscheibe.« Peter blies die Backen auf.

»Wir müssen uns das ansehen.« Justus stürmte zur Tür.

»Was ist denn los?«, fragte Puckle irritiert.

»Kommen Sie mit«, erwiderte Bob und folgte Justus.

»Ähm, Entschuldigung.« Pater Joseph hob die Hand. »Brauchen Sie uns noch?«

»Was?« Puckle drehte sich um. »Nein. Sie können gehen.« Er wollte den drei ??? hinterher, wandte sich aber noch einmal Matty zu. »Und du lässt dich hier drin nicht mehr blicken, ist das klar?« Ohne eine Antwort abzuwarten, rauschte er aus dem Büro.

»Knalltüte«, zischte ihm Matty hinterher, ohne dass es Puckle hören konnte. Pater Joseph grinste.

Justus war als Erster an der Tür, die aus dem Gang, in dem Puckles Büro lag, zu den Verkaufsräumen führte. »Wo befindet sich der Tisch?«, rief er über die Schulter.

»Im ersten Stock«, antwortete Puckle. »Sagt mir jetzt mal jemand, was in euch gefahren ist?«

»Gleich.« Peter schloss zu Justus auf.

Zwei Minuten später standen die drei ??? und der Kaufhausdirektor an dem Verkaufstisch. Elfenkostüme in allen Größen. Genau die, von denen Bob eines getragen hatte. Und der Ganoven-Elf. Es gab sogar Strampelanzüge im Elfenlook.

»Die gleichen Kostüme.« Justus schaute fassungslos auf die Kleidungsstücke.

Bob suchte ein Kostüm heraus, das ihm geeignet erschien. »Das hier könnte ihm passen, was meint ihr?«

Peter nickte. »Perfekt.«

Und jetzt, erst jetzt, verstand auch Puckle. »Oh mein Gott! Ihr … denkt, dass der Elf, dieser Kriminelle …« Er glotzte entgeistert auf die Kostüme.

»Genau. Jeder hätte sich das Kostüm kaufen können«, sagte Peter. »Jeder x-beliebige Kunde. Der Elf muss nicht zwingend einer Ihrer Angestellten sein.«

»Aber … woher hätte er denn dann –«

»Wissen können, in welchem Päckchen die Spieluhr ist?«, kam ihm Bob zuvor. »Die Glasscheibe der Weihnachtswerkstatt. Jeder kann hineinsehen. Auch von außen hätte man also beobachten können, in welchem Päckchen die Spieluhr landet.«

»Was erklären könnte, warum der Elf nicht in der Werkstatt zugeschlagen hat«, ergänzte Justus. »Er war einfach nicht drin.«

»Oh verdammt.« Puckle musste sich am Verkaufstisch abstützen. »Dann kann das ja jeder gewesen sein.«

»So ist es«, bestätigte Peter.

Puckle sah ihn nahezu verzweifelt an. »Aber was machen wir denn dann?«

»Wir folgen der Spur der Spieluhr«, erwiderte Justus. »Wissen Sie, woher die kam? Woher haben Sie die?«

»Ich … ich … da muss ich nachsehen. Wir haben eine Liste. Jaja, das haben wir alles vermerkt. Falls es Reklamationen oder Beschwerden gibt. In meinem Büro … im Rechner. Ich glaube, ich kann die Liste auf meinem Rechner abrufen.«

»Dann bitte nach Ihnen.« Justus deutete in Richtung Rolltreppe.

Doch als sie wenig später das Büro von Direktor Puckle betraten, wartete eine neue Überraschung auf sie.

»Die Spieluhr! Wo ist die Spieluhr?« Bob lief zum Tisch. »Hier stand sie. Genau hier. Die Spieluhr ist weg.«

14. DEZEMBER

Die magische Laterne

Eine mögliche Erklärung fand sich sehr schnell. Die drei Detektive und Puckle hatten überstürzt das Büro verlassen, Pater Joseph und Matty waren dort alleine zurückgeblieben. Und Pater Joseph hatte die Spieluhr mit Sicherheit nicht geklaut.

»Matty!« Peter kniff die Lippen zusammen. »Klar, der will sich das restliche Geld holen.«

»Mist!«, entfuhr es Justus, der sich am meisten über sich selbst ärgerte. Wie hatten sie nur so gedankenlos sein können.

»Vielleicht weiß Pater Joseph, wo wir ihn finden«, sagte Bob.

»Ja. Lasst uns schnellstens zur Kirche fahren«, entschied Justus und sah Puckle an. »Sie rufen uns bitte an, sobald Sie herausgefunden haben, woher die Spieluhr stammt. Unsere Nummer haben Sie ja.«

»In Ordnung. Schnappt euch diesen Rotzlöffel. Ach, diese Jugend von heute. Unmöglich!«

Die Jungen eilten aus dem Büro. Auf dem Weg durch den Park hielten sie nach Matty und dem Elf Ausschau, aber von beiden war nichts zu sehen. Wenig später betraten sie *St. Mary* durch die Hauptpforte.

Pater Joseph fanden die drei Detektive in der kleinen Sakristei rechts neben dem Altarraum. Er saß im Schein einer goldenen Leselampe an einem wuchtigen Schreibtisch und notierte etwas in einem in dunkles Leder gebundenen Buch. Wo Matty war, wusste er nicht.

»Dieser kleine Schlingel.« Pater Joseph furchte die ohnehin schon faltige Stirn. »Wir haben gleich nach euch das Büro verlassen. Aber irgendwie muss er es geschafft haben, sich noch schnell die Spieluhr unter den Nagel zu reißen. Der Junge ist so gerissen. Man kann ihn keinen Moment aus den Augen lassen.«

»Dann glauben Sie auch, dass er es gewesen ist?«, fragte Bob nach.

Pater Joseph machte ein betrübtes Gesicht. »Es würde mich wundern, wenn nicht.«

»Und haben Sie irgendeine Idee, wo er jetzt sein könnte?«, wollte Peter wissen.

»Tja, eine Idee habe ich schon.« Pater Joseph schaute die drei ??? sorgenvoll an. »Aber ich weiß nicht, ob es so schlau ist, euch da hingehen zu lassen.«

»Wieso denn? Wohin sollen wir nicht gehen?«, hakte Justus nach.

»Mattys Bande hat ihren Treffpunkt in einem heruntergekommenen, verlassenen Kino in einer Nebenstraße der Canal Street. *Die magische Laterne* hieß es früher. Meistens treibt er sich da herum, wenn er nicht gerade irgendeinen Unfug anstellt.«

»Und wieso wollen Sie nicht, dass wir da hingehen?«, fragte Peter, obwohl er schon eine Ahnung hatte, wie die Antwort ausfallen würde.

»Die Kinder halten zusammen wie Pech und Schwefel«, erwiderte Pater Joseph. »Und Matty ist der Jüngste und Kleinste von ihnen. Mit einigen der größeren Jungs ist nicht zu spaßen.«

Die Detektive verabschiedeten sich von Pater Joseph und verließen die Kirche. Auf den Stufen zum Haupteingang blieben sie stehen, um sich zu beraten.

»Was denkt ihr?«, begann Bob. »Ein verfallenes Kino, Jungs, vor denen uns Pater Joseph warnt? Hört sich jetzt nicht so wirklich harmlos an.«

»Mit uns ist auch nicht zu spaßen«, meinte Justus grimmig. Ihn wurmte ihr Fehler immer noch gewaltig. »Außerdem sehen wir uns ja nur einmal um. Vielleicht läuft uns Matty ja auch in die Arme, ohne dass es die anderen mitbekommen. Ich denke, wir brauchen bei der Sache nicht allzu besorgt zu sein.«

Peter machte eine skeptische Miene. »Wir haben uns schon oft *nur mal umgesehen*. Und dann steckten wir meistens bis zum Hals im Schlamassel.«

Die magische Laterne befand sich in einem nördlichen Außenbereich von Santa Monica. Früher mochte die Gegend ein angesagtes Künstlerviertel gewesen sein, aber als Bob seinen Käfer durch die Canal Street steuerte, fuhren sie an etlichen leer stehenden Gebäuden vorbei, in denen hinter zerbrochenen Scheiben dunkle Fensterhöhlen gähnten und deren Putz so löchrig war, als litten die Häuser an einem schlimmen Ausschlag. Vor anderen Häusern saßen Menschen, die aussahen, als wäre ihr sehnlichster Weihnachtswunsch ein warmes Abendessen, und viele der Autos, die am Straßenrand parkten, hätte man in anderen Gegenden wohl längst zum nächsten Schrottplatz gebracht.

Peter unterdrückte einen leisen Schauder, der ihm über den Rücken kriechen wollte. »Da vorne musst du rein. Navy Street.« Der Zweite Detektiv deutete nach rechts. Bevor sie losgefahren waren, hatten sie noch die genaue Adresse des Kinos ermittelt.

Die magische Laterne hatte nichts Magisches mehr an sich. Gar nichts. In besseren Zeiten war das kleine Lichtspielhaus ein Programmkino gewesen, in dem künstlerisch wertvolle Filme gezeigt wurden. Jetzt war es nur noch ein trauriger, grauer Kasten, dessen Schaufenster mit Pappe verklebt waren und an dessen Wänden sich talentfreie Graffitikünstler ausgetobt hatten. Unflätige Beschimpfungen und misslungene Fratzen prangten auf dem schäbigen Putz. Von den einstmals beleuchteten Buchstaben über dem Eingang waren nur noch das M und ein E lesbar, der Rest war offenkundig einem Zielwerfen mit Steinen zum Opfer gefallen.

»An den Eingangstüren hängt eine Kette«, sagte Bob im Vorbeifahren. »Vermutlich geht es hinten irgendwo rein.« Er bog in die nächste Querstraße und parkte seinen Käfer. Die Jungen stiegen aus.

»Hoffentlich hat er noch alle Reifen, wenn wir wiederkommen.« Der dritte Detektiv warf einen sorgenvollen Blick auf sein Auto.

»Hoffentlich ist an uns noch alles Wichtige dran, wenn wir wiederkommen«, unkte Peter.

»Gehen wir.« Justus marschierte los.

Bob hatte richtig vermutet. Auf der Hinterseite des Betonklotzes fanden die drei ??? eine rostige Metalltür, die nur angelehnt war.

»Offenbar muss die Bande keine Angst haben, dass irgendwer zufällig hier reinstolpert.« Peter lugte durch den winzigen Spalt und versuchte das unangenehme Kribbeln in seiner Magengegend zu ignorieren. »Jeder in der Gegend weiß, was ihm dann blüht.«

»Ach was.« Justus legte die Hand an die Türklinke. »Das sind Kinder, die sich darin gefallen, die gefährlichen Schurken zu spielen. Und wir sind keine Kinder mehr und außerdem zu dritt.« Der Erste Detektiv öffnete die Tür.

Ein jämmerliches Quietschen der verrosteten Scharniere verkündete jedem im Kino, dass jemand das verkommene Gebäude betrat. Die drei Jungen blickten in ein staubiges Halbdunkel, aus dem ihnen der muffige Geruch alter Polster entgegenschlug.

»Vielleicht ist niemand zu Hause?«, flüsterte Bob.

»Sehen wir nach.« Justus ging voran.

Über den Hintereingang gelangten sie in einen kurzen Flur mit zwei Türen. Die Tür rechts sah nach dem Zugang zum Vorführraum aus, die Tür vorne schien ins Foyer zu führen. Justus entschied sich fürs Foyer.

Auch hier herrschte Dämmerlicht. Durch die abgeklebten Fenster drangen nur ein paar fahle Lichtfinger, der Schalter, auf den Bob drückte, funktionierte nicht. Rechts erkannten sie eine Verkaufstheke, die in Staub ertrank, links Stühle und Tische, zwischen denen sich gewaltige Spinnweben spannten. Die alten Filmplakate an den Wänden waren so vergilbt, dass die Gestalten darauf wie Geister wirkten.

»Hier treffen sie sich wohl nicht«, zischte Peter. »Also doch eher der –«

»Ein Schnellmerker, sieh mal an.«

Die drei ??? fuhren herum. Wie aus dem Nichts standen plötzlich ein Dutzend Jungen und Mädchen hinter ihnen. Das hämische Grinsen in ihren Gesichtern hatte so gar nichts Kindliches.

»War ja klar, dass uns Pater Joseph verpfeift.«

»Oder die sind Matty gefolgt.«

»Quatschkopf! Der hat doch gesagt, dass er wegen seiner Kohle gleich in den –«

»Klappe!« Ein Junge, der vermutlich älter war als die drei ???, außerdem muskulös und etwas größer als Peter, sorgte mit einer herrischen Handbewegung für Ruhe. Langsam kam er auf die Detektive zu. »Hatte Matty doch recht, dass ihr vielleicht hier auftauchen würdet.« Seine schmeichelnde Stimme, die gefährlich blitzenden Augen und die katzenartigen Bewegungen jagten Peter einen kalten Schauder über den Rücken.

Justus räusperte sich. »Wenn ich das vielleicht erklären dürf–«

»Schschsch!«, schnitt der Junge ihm das Wort ab. »Du darfst vor allem die Klappe halten.« Wie ein Panther umrundete er die drei ???.

»Was machen wir mit ihnen, Chef?«

»Wir nehmen sie aus wie die Weihnachtsgänse!«, rief einer der Jungen.

Zustimmendes Gejohle. Auch der Anführer grinste.

»Au ja. Und singen«, forderte ein blondes, schmales Mädchen. »Die drei sollen singen!«

»Und danach 'nen Knoten in die Zunge, damit sie nichts ausplaudern können.«

Knoten in die Zunge? Bob presste unwillkürlich die Lippen aufeinander? Was hatten die vor?

»Eins nach dem anderen, Leute.« Wieder hob der Anführer die Hand. »Aber eure Idee ist gut. Die drei Kanarienvögel sollen erst einmal ein Liedchen für uns trällern. Was wollen wir hören?«

»AC/DC!«

»Nein, Black Metal.«

»Die sollen 'ne bescheuerte Oper singen.«

Alles lachte.

»Ich weiß, was sie singen sollen.« Der Anführer lächelte die Detektive süßlich an. »Ihr drei sollt ein hübsches Weihnachtsliedchen für uns zum Besten geben.«

»Au ja. Super Idee. Wie wär's mit *Jungle Bells*? Ich will *Jungle Bells* hören.«

»Das heißt *Jingle Bells*, du Hasenhirn.«

»Oder dieses andere, dieses Lied, wo sie immer *ding, dong, ding, dong* singen.«

»Nein.« Wieder der Anführer. »*Next Christmas*. Ich will, dass ihr *Next Christmas* singt.«

15. DEZEMBER

96930 Arctic Circle

Eine gefühlte Ewigkeit später stieg Justus als Letzter in den Käfer. Er drückte den Verriegelungsknopf nach unten und nickte wortlos durch die Windschutzscheibe. Bob startete den Motor.

»Lasst uns nie mehr darüber sprechen, okay?« Peter starrte aus dem Fenster, ohne etwas wahrzunehmen.

Natürlich hatten sie sich geweigert. Und versucht, mit dem Anführer zu reden. Doch der hatte ihnen sehr schnell zu verstehen gegeben, dass sie keine Wahl hatten. »Entweder ihr singt von alleine oder wir bringen euch dazu.« Jedem der drei Detektive war klar gewesen, was er damit meinte. Nach einem kurzen Zögern hatte Bob schließlich angefangen, Peter war eingestiegen, als Letztes Justus. Unter dem Gegröle der Bande hatten sie *Next Christmas* zum Besten gegeben und sich dabei nicht *ein Mal* angesehen. Jeder von ihnen hatte gespürt, dass das die Sache noch deutlich schlimmer gemacht hätte.

Danach hatte der Anführer zuckersüß um eine »kleine Spende« für die »weihnachtliche Jugendbandenfürsorge« gebeten, was im Klartext bedeutete, dass sie ihre Geldbeutel leeren mussten. Anschließend hatten sie gehen dürfen.

»Aber nur, weil ihr uns gerade so schön in Weihnachtsstimmung versetzt habt.« Der Anführer hatte ganz leise gesprochen, fast geflüstert. »Solltet ihr jedoch noch einmal hier aufkreuzen, werden wir euch zeigen, wie das mit dem Knoten in der Zunge gemeint war. Ich glaube, wir verstehen uns, oder?«

Unter dem lauten Gelächter der Jungen und Mädchen waren die drei ??? schließlich aus dem Kino geschlichen und mit eingezogenen Köpfen zum Auto gelaufen.

Bob fuhr einfach los, irgendwohin, nur weg hier.

Nach einigen Minuten voller Schweigen sah Justus auf sein Handy. »Puckle hat uns eine SMS geschickt. Die Spieluhr stammt nach seinen Angaben aus einem Geschäft namens 96930 Arctic Circle.«

»Das ist die Adresse des Weihnachtsmannes«, sagte Peter tonlos.

»Ich weiß«, war alles, was dem Ersten Detektiv im Augenblick dazu einfiel.

»Ich glaube, das ist eine Art Weihnachtströdelladen«, sagte Bob. Auch seine Stimme klang immer noch, als käme sie aus einem tiefen, dunklen Schacht. »Hab mal was drüber gelesen.«

Justus atmete einmal tief durch und straffte sich. »Konzentrieren wir uns wieder auf unsere Arbeit, Kollegen. Ich glaube, das hilft uns im Moment am meisten.«

Seine beiden Freunde nickten stumm.

Der Erste Detektiv machte sofort ernst. »Bob, wir beide statten diesem Geschäft einen Besuch ab. Peter, du siehst dich im Park nach Matty um.«

»Wieso glaubst du, dass der im Park ist?«

»Weil sich einer der Jungs verplappert hat, bevor sie uns …« Justus schluckte. »Ihr wisst schon. Er meinte, dass Matty *wegen seiner Kohle gleich in* … und dann unterbrach ihn der Anführer.«

»Gleich in den Park gegangen ist«, verstand Bob.

»Klar.« Peter erinnerte sich. »Matty wurde langsamer, als er an dem Elf auf der Bank vorbeikam. Vielleicht haben sie da einen neuen Termin ausgemacht. Zu dem Zeitpunkt hatte Matty das Geschenk ja noch, in dem der Elf die Spieluhr vermutete.«

»Gut.« Justus richtete sich in seinem Sitz auf und versuchte ein Lächeln. »Dann machen wir das so und bleiben über unsere Handys in Kontakt.«

Nachdem Bob den Zweiten Detektiv am Rand des Douglas Parks abgesetzt hatte, fuhren er und Justus in die Innenstadt von Santa Monica. Dort, Ecke 17. Straße und Arizona Boulevard, befand sich laut der SMS von Puckle die Heimat des Weihnachtsmannes.

Der Laden war in einem weiß gestrichenen Haus untergebracht, das nicht sehr viel größer schien als das Wohnhaus der Familie Jonas. Auf den ersten Blick deutete nur der schlichte Schriftzug *96930 Arctic Circle* über der Eingangstür darauf hin, dass sie an der richtigen Adresse waren. Kein Lichterspektakel, keine Deko-Explosion, kein weihnachtlicher Farbenrausch verriet, dass es sich hier um ein Weihnachtstraumland handelte. Erst als Justus und Bob direkt vor dem Eingang standen, entdeckten sie hinter den Fenstern daneben ein paar unauffällige Ausstellungsstücke, die an Weihnachten erinnerten: einen kleinen Blech-Nikolaus, Engelchen aus Porzellan, mundgeblasene Christbaumkugeln – und ein Weihnachtsmann-Bauchpolster im Supersonderangebot.

»Schade, das können wir leider grad nicht kaufen«, sagte Bob.

»Hm«, machte Justus und verscheuchte die Erinnerung an den Grund dafür.

Sie betraten das Geschäft und ein kleines Glöckchen bimmelte über der Tür. Leise Weihnachtsmusik war zu hören, auf mit Samt ausgeschlagenen Tischen und in Glasvitrinen waren zahlreiche Gegenstände ausgestellt, gedämpftes Licht verbreitete eine heimelige Atmosphäre. Doch hier im Erdgeschoss hielt sich niemand auf.

»Vielleicht ist oben jemand.« Justus deutete zur Treppe an der hinteren Wand und ging darauf zu.

Tatsächlich befanden sich im Obergeschoss vier Personen. Eine jüngere Frau mit langen blonden Haaren und roter Brille, ein älterer Herr mit Hut und Gehstock sowie eine sehr gepflegt aussehende Dame in einem knielangen Pelzmantel. Sie betrachtete gerade eine prächtige Weihnachtsbaumspitze, die ihr ein Mann in einem karierten Anzug gestenreich anpries.

»Sieht mir nach dem Besitzer aus, wenn du mich fragst.« Bob nickte zu dem Verkäufer.

»Ja, könnte sein.« Justus war der gleichen Meinung. Der recht füllige Mann holte gerade eine zweite Baumspitze und zeigte auf eine dritte in einem der Regale. Er kannte sich hier aus.

»Die Sachen hier drin sind anscheinend alle antik oder gebraucht.« Der dritte Detektiv deutete auf ein handgeschriebenes Preisschild, das neben zwei versilberten Tannenzapfen lag. »Drei Dollar. Das geht.«

Kurze Zeit später verabschiedete sich die Dame – ohne den Christbaumschmuck gekauft zu haben – und der Verkäufer wandte sich den beiden Jungen zu.

»Na, ihr beiden. Willkommen am Polarkreis.« Ein herzliches Lachen ließ seine geröteten Wangen erbeben. »Was kann ich denn für euch tun?«

»Guten Tag. Wir hätten eine Frage, Mr …?«

»Bigelow. Luke Bigelow.«

»Mr Bigelow.« Justus holte eine ihrer Visitenkarten aus dem Etui in seiner Hosentasche und reichte sie dem Mann. »Wir sind Detektive und –«

»Die drei ???!«, rief Bigelow voller Erstaunen aus. »Ja, ist denn das die Möglichkeit? Ich habe schon so viel von euch gehört. Und Rosy, meine Frau, hat eine Freundin, deren Bruder einen Freund hat, der schon mal eure Hilfe in Anspruch genommen hat. Und jetzt steht ihr hier leibhaftig vor mir! Das ist ja ein Ding.«

Der Mann war völlig aus dem Häuschen und strahlte sie über das ganze Gesicht an. Die beiden anderen Kunden drehten sich kurz nach den Jungen um.

Bob wusste gar nicht, was er sagen sollte. »Das … freut uns, ähm, wirklich sehr, Mr Bigelow. Wir ermitteln gerade in einem Fall und es wäre sehr nett, wenn Sie uns dazu eine Frage beantworten könnten.«

»Ihr braucht meine Hilfe? Meine?« Bigelow zeigte fassungslos auf sich. »In einem Fall? Sehr gerne. Meine Güte, ich helfe den drei ???. Wenn mir das jemand heute Morgen erzählt hätte.«

»Es geht um eine Spieluhr«, sagte Justus. »Eine Spieluhr, die Sie vor einiger Zeit an das Kaufhaus *Garcy's* verkauft haben. Ein rot-weißes Holzkästchen mit zwei Engeln, die sich drehen.«

»Ja. Ja, ich erinnere mich. Der Mitarbeiter von *Garcy's* hat sie zusammen mit ein paar anderen Sachen auf dem Sonder-Flohmarkt erstanden, den wir wie jedes Jahr einige Wochen vor Weihnachten veranstaltet haben. Ich weiß das noch genau, weil wir ein bisschen über die Neueröffnung dieses Kaufhauses geplaudert haben.«

»Wissen Sie vielleicht auch noch, woher Sie diese Spieluhr hatten?«

»Hm.« Bigelow zuckte die Schultern. »Ich kann mal nachsehen, ob ich dazu etwas notiert habe. Kommt mit.«

Justus und Bob folgten ihm zur Treppe, als das Handy des Ersten Detektivs klingelte.

16. DEZEMBER

Die Übergabe

Das Display zeigte Peters Namen. »Zweiter? Was gibt's?«

»Matty. Er ist hier im Park und macht den Eindruck, als würde er auf jemanden warten.«

»Hat er die Spieluhr dabei?«

»Vielleicht unter seiner Jacke. Ich weiß es nicht.«

»Beobachte ihn weiter. Wir kommen so schnell wie möglich zu dir.«

»Und wenn der Elf auftaucht?«

»Falls Matty ihm die Spieluhr aushändigt, folge ihm und gib uns Bescheid, wo du bist. Aber unternimm nichts auf eigene Faust, hörst du?«

»Keine Angst. Mich juckt es noch immer an der Stelle, wo mir der Kerl gestern Abend die Knarre reingedrückt hat. Bis gleich.«

Justus legte auf und warf Bob einen bedeutungsvollen Blick zu. Der dritte Detektiv kannte seinen Freund gut genug, um daraus zu lesen, dass es wichtige Neuigkeiten gab. Aber erst einmal mussten sie die Informationen von Bigelow bekommen.

Der Ladeninhaber führte sie in ein Hinterzimmer im Erdgeschoss, wo ein antiker Computer auf einem wackeligen Tischchen thronte. Bigelow startete das Gerät, das mit einigem Getöse, Geruckel und Geächze hochfuhr.

»Nicht mehr der Jüngste.« Bigelow zuckte verlegen mit den Schultern und setzte sich vor den Bildschirm. »Ich bin auch gerade erst dabei, mich mit diesen ganzen Möglichkeiten der Technik darin ein wenig anzufreunden. Die reinste Zauberkiste. Mein Neffe Wilbour hilft mir dabei, zeigt mir dies und das und macht ja wirklich allerhand erstaunliche Sachen damit.« Bigelow warf die Hände in die Luft und verdrehte die Augen, um anzudeuten, dass er keine Ahnung von diesen *Sachen* hatte. »Na ja, man muss wohl irgendwie mit der Zeit gehen, ob man will oder nicht, nicht wahr? Na, dann lauf mal los, kleine Maus.« Er sah zu den beiden Detektiven, lächelte wie ein kleiner Junge und führte dann ein beinahe schon antikes Eingabegerät über ein Mousepad, auf dem ein neongelber Smiley prangte. »Der Name passt einfach toll, findet ihr nicht? Mit dem Schwänzchen hinten und der spitzen Schnauze? Putzig.« Er kroch wieder in den Monitor. »So, der Pfeil muss hier drauf, ich mache einen Klick mit dem linken Mausschnäuzchen, hihi, und dann noch einmal da draufgehen. Jetzt sollte doch gleich etwas passieren.«

Es ratterte und knatterte und nach einigen Minuten erschienen tatsächlich dunkelgrüne Tabellen auf dem hellgrünen Bildschirm, die Bigelow mit seiner Monstermaus langsam nach unten wandern ließ. Eine gefühlte Ewigkeit lang. »Da. Da haben wir es ja. Fantastisch, was dieses Ding kann.« Er zeigte auf den flimmernden Monitor. »Eine Haushaltsauflösung. Bei einer gewissen Olivia White. Ist schon ein paar Jahre her. Aber ich erinnere mich dunkel. Ich fand dort tatsächlich einige sehr ansprechende Gegenstände für den Laden.«

»Hätten Sie auch eine Adresse für uns?«, fragte Justus.

Bigelow sah zu einem Wandregal mit mehreren Dutzend Ordnern und blähte die Backen. »Die müsste … Das war, glaube ich, in Thousand Oaks. Oder in Pasadena? Anaheim? Ich kann sie euch gerne raussuchen. Dauert aber ein bisschen.« Er lächelte verlegen.

»Ist die Dame damals umgezogen?«, fragte Bob.

»Verstorben.« Bigelow nickte teilnahmsvoll.

»Vielen Dank, Mr Bigelow.« Justus reichte dem Mann die Hand. »Es wäre wirklich sehr hilfreich, wenn Sie uns die Adresse zukommen ließen. Sie haben ja unsere Karte.«

»Das mach ich gerne. Und wenn ihr noch weitere Fragen habt …«, Bigelow salutierte, »… immer zu Diensten.« Er lachte und blinzelte zugleich. Dann brachte er die beiden Jungen zur Tür. »Und viel Erfolg bei der Jagd auf die bösen Buben!«

Justus und Bob liefen zum Auto und machten sich auf den Weg zum Douglas Park. Der Erste Detektiv überlegte, ob er Peter noch einmal anrufen sollte, ließ es aber. Sein Freund steckte mitten in einer Beschattung, da konnte ein Klingelton verhängnisvoll sein. Vermutlich hatte er sein Handy sogar ausgeschaltet.

Bob parkte seinen Käfer in der Nähe von *St. Mary*. »Sollen wir uns aufteilen?«

Justus nickte. »Wer Peter findet, ruft den anderen an. Aber unsichtbar bleiben, Dritter! Matty scheint trotz seiner jungen Jahre sehr gewitzt und mit allen Wassern gewaschen zu sein.«

»Ich tu, was ich kann.«

Die beiden Jungen wollten sich gerade trennen, als sie ein wohlbekannter Laut innehalten ließ. Der Ruf eines seltenen Vogels.

»Rotbauchfliegenschnäpper, Just!« Bob hatte ihren Signalruf sofort erkannt.

»Das kam von dort.« Justus blickte nach rechts.

»Ich sehe Peter!« Bob zeigte zu einer Litfaßsäule am Rand des Parks. »Da winkt er. Und zieht sich jetzt wieder zurück.«

Im Schatten einer Hecke eilten Justus und Bob zu ihrem Freund. Noch war nichts von Matty zu sehen, aber Peters geduckte Haltung hatte sicher ihren Grund.

»Hierher!«, zischte der Zweite Detektiv, als seine Freunde nah genug waren. »Aber Kopf unten lassen!«

Als Justus und Bob bei Peter ankamen und sich hinter die Werbesäule kauerten, erkannten sie den Grund für Peters Anweisung. Keine fünfzehn Meter von ihnen entfernt drückte sich Matty in der Nähe einer Parkbank herum. Er lief unruhig hin und her, sah hierhin und dorthin und reckte immer wieder den Hals.

»Der scheint tatsächlich auf jemanden zu warten«, sagte Bob.

Peter sah auf seine Uhr. »Und zwar jetzt schon seit über zwanzig Minuten.«

»Auf seinen Auftraggeber«, war sich Justus sicher. »Er wartet auf den Elf.«

»Der aber nicht auftauchen will.«

Auch nach weiteren fünf Minuten war von dem Elf weit und breit nichts zu sehen. Matty wurde zusehends nervöser. Seine Kreise wurden immer weiter, einmal geriet er auch aus dem Blickfeld der drei ???. Doch nach wenigen Augenblicken hatten sie ihn wieder im Visier. Gerade stand er vor einer Gruppe dichter Sträucher und wippte angespannt auf den Zehenspitzen.

»Sieht so aus, als würde ihn der Elf versetzen«, meinte Bob. »Vielleicht hat er – Da!«, erschrak der dritte Detektiv.

Auch Justus und Peter fuhren zusammen. Eine Hand hatte Matty gepackt und in die Büsche gezogen. Innerhalb eines Wimpernschlages war der Junge in den Sträuchern verschwunden.

»Los, Kollegen!« Justus sprang auf, Peter und Bob folgten auf dem Fuß.

Auf dem Parkweg bemühten sie sich, unbeteiligt dahinzuschlendern, gleichzeitig waren ihre Sinne hellwach. Doch als sie am Ort des Geschehens ankamen, fanden sie die Lücke zwischen den dichten, stacheligen Büschen nicht gleich. Mussten sie noch ein Stück weiter? Waren sie schon vorbei?

»Hast du das Teil dabei?« Eine Stimme von jenseits der Sträucher! Die Stimme des Elfen. Die Jungen erkannten sie sofort.

Peter bedeutete seinen Freunden, dass er rechts um die Büsche herumlaufen wollte. Bob nickte und zeigte in die andere Richtung. Justus blieb, wo er war.

»Mann, wo bleiben Sie denn?« Matty, hörbar geladen. »Ich steh mir hier schon seit Stunden die Beine in den Bauch. Schon mal was von ’ner Uhr gehört?«

»Reg dich ab, mir kam was dazwischen. Also, wo ist das Ding?«

»Hier.«

»Ja, das ist sie. Sehr schön.« Der Elf klang äußerst zufrieden. »Und jetzt hör dir das an.« Sekunden vergingen, in denen Justus nur leises Rascheln vernahm. Dann erklang eine Melodie. *Eine kleine Nachtmusik*.

»Hä? Was ist das denn? Willst du mich auf den Arm nehmen?« Wieder der Elf. Jetzt stinksauer.

»Wieso? Ey, die wollten Sie verarschen. Die haben alles neu eingepackt. Und der Dicke hat gesagt, dass Sie eigentlich auf das Ding hier scharf sind.«

»Aber das ist … Was zum Teufel soll das? Was ist hier los? Das ist doch nicht möglich!«

»Hä? Aber der Dicke –«

»Das ist mir vollkommen egal. Das ist nicht die Spieluhr, die ich wollte. Da stimmt doch – Verdammt!«

»Bleiben Sie stehen! Bob, pass auf!«

Peters Stimme drang durch die Büsche. Und jetzt endlich hatte Justus auch die Lücke in den Sträuchern entdeckt. Aber da würde er nicht durchpassen. Er konnte nur Schemen und Farben auf der anderen Seite erkennen.

»Aua. Lass mich los, du Idiot!«, rief Matty.

Wieder Geraschel, schnelle Schritte, Ächzen, ein dumpfer Aufprall, ein erstickter Schrei.

»Nicht!«

»Aua!«

Jemand rannte schnell davon, ein Zweiter folgte.

17. DEZEMBER

Schritte im Dunkeln

Wenig später war Peter zurück bei Justus auf dem Parkweg. An seiner Hose klebten Gras und Erde, in seinen Haaren hatten sich dünne Ästchen verfangen. Und sein Gesicht war eine einzige Gewitterwolke.

»Zweiter. Was war los?« Justus entdeckte die Spieluhr in Peters Hand. Auch sie sah reichlich mitgenommen aus.

»Der Kerl hat Matty als Wurfgeschoss missbraucht. Hat ihn gepackt und auf mich geschleudert. Dann ist der Idiot abgehauen.«

»Und Bob? Und Matty?«

»Bob verfolgt den Elf, weil ich und Matty uns erst mal entknoten mussten. Matty hat mich zum Dank dafür, dass ich sein Airbag war, wüst beschimpft und ist dann abgezischt, bevor ich ihn festhalten konnte.«

»Ich habe ihn gehört. Er war ziemlich aufgebracht, weil ihr ihm das Geschäft vermasselt habt. Undank ist der Welt Lohn.«

Peter zupfte sich die Zweige aus den Haaren. »Hier. Das bekam Bob an die Birne.« Er gab Justus die Spieluhr.

»Weil sie nicht das war, was der Elf wollte«, erinnerte sich Justus. »Nein, stopp. Erst war alles okay. Der Elf sagte: ›Ja, das ist sie. Sehr schön.‹ Aber dann war es auf einmal doch nicht die richtige Spieluhr. Hm.«

Peter runzelte die Stirn. »Verstehe ich nicht. Er wollte eine andere Spieluhr?«

Justus nickte nachdenklich. »So würde ich das auch interpretieren. Offenbar gibt es eine zweite.«

»Aber in dem Sack war doch nur eine, oder?«

Bob kam zurück. Völlig außer Atem, mit einem blutigen Kratzer an der Stirn und sichtlich enttäuscht. »Keine Chance. Der Typ war einfach zu schnell für mich.«

Justus kniff verärgert die Lippen zusammen. »Schlimm?« Er deutete auf Bobs Stirn.

»Ich werd's überleben.«

Justus wandte sich um. »Lasst uns in die Zentrale fahren. Wir müssen einiges überprüfen.«

Auf dem Weg zum Schrottplatz rief Justus Mr Puckle an. Der Kaufhausdirektor wusste allerdings nichts von einer zweiten Spieluhr. Der Einkäufer habe seines Wissens in dem Trödelladen damals nur die eine erworben.

In der Zentrale angekommen, verarztete der dritte Detektiv zunächst seine Schramme und Peter kümmerte sich um Hose und Frisur. Justus fuhr schon mal den Computer hoch und öffnete ein Telefonbuch, während es draußen langsam dämmerte.

»Was suchst du?« Peter inspizierte sein Gegenüber im Spiegel.

»Bigelows Nummer.« Justus griff zum Hörer und wählte.

»Der Trödelmensch.« Auf der Fahrt zum Schrottplatz hatte Peter alles Wichtige aus dem Weihnachtsladen erfahren. »Wegen der zweiten Spieluhr, oder?«

»Und der Adresse von Mrs White.« Justus wartete. Es ging niemand ran.

Bob strich noch einmal über das Pflaster und ließ sich dann in einen der Sessel fallen. Neben ihm stand die lädierte Spieluhr. Der dritte Detektiv nahm sie und drehte an der Kurbel.

»Da ist keiner. Mist.« Justus legte auf und öffnete eine Suchmaschine. Peter stellte sich neben ihn.

»Olivia White Los Angeles«, las der Zweite Detektiv Justus' Eingabe. »Davon gibt es vermutlich einige.«

»36 im Großraum der Stadt. Ich glaube, mich zu entsinnen, dass White der häufigste Nachname bei uns ist. Oder einer der häufigsten. Und Olivia ist auch ziemlich beliebt.« Der Erste Detektiv öffnete die zweite Seite der Suchmaschine.

»Na dann, viel Spaß.« Peter ließ seinen Blick über die Suchergebnisse gleiten. Plötzlich stöhnte er. »Oh Gott! Bitte nicht.«

»Was?« Justus sah auf.

»Da.« Peter zeigte auf einen der Einträge. »Mich verfolgt das Lied so schon auf Schritt und Tritt. Und jetzt läuft es mir auch noch auf einem Computer über den Weg. Das ist gruselig.«

»Urheberrechtsstreit um *Next Christmas*«, las Justus, klickte auf den Link und überflog den Artikel. »Ein gewisser E. Loom und eine M. White stritten sich vor etwas mehr als drei Jahren darum, wer das Lied komponiert hat. Es kam zum Prozess, den Loom gewonnen hat.«

»Wieso streiten Leute darum, wer ein Weihnachtslied geschrieben hat?« Peter schüttelte den Kopf. »Bei einem Tophit aus den Charts kann ich mir das ja vorstellen, aber ein Weihnachtslied?«

»Unterschätz das nicht«, sagte Bob, der das Kästchen geöffnet hatte und jetzt die Walze von Nahem beäugte. »Das Lied wird seit Jahren an Weihnachten in allen Kaufhäusern des Landes, im Radio, auf Weihnachtsmärkten und wer weiß, wo sonst noch, rauf und runter gespielt. Und jedes Mal fallen Gebühren an. Das läppert sich ziemlich.«

»Okay.« Peter schürzte die Lippen. »Ist aber für uns eh nicht von Bedeutung. Der Vorname dieser Mrs White beginnt mit M, nicht mit O.«

Bob stand auf, den Blick immer noch auf die Innereien der Spieluhr gerichtet. Einen ernsten Blick. »Schaut euch das mal an, Kollegen. Diese Walze … meiner Meinung nach gehört die da nicht rein.«

»Lass mal sehen.« Justus nahm die Uhr entgegen und platzierte sie auf dem Schreibtisch. »Hm, ja, du hast recht. Das passt nicht. Ganz und gar nicht. Deswegen eiert die Melodie auch so.«

»Wir wissen ja schon, dass das Teil jemand zusammengeschraubt hat, der jetzt nicht so der Meisterhandwerker zu sein scheint«, wandte Peter ein.

»Ja, aber sieh dir das hier an … Die Auflagestifte der Walze sind viel zu lang. Die berühren sogar das Gehäuse. Selbst ein weniger versierter Heimwerker hätte die Stifte doch einfach am Ende abfeilen können. Zwei Millimeter und das passt.«

»Und was heißt das jetzt für uns?«

Justus überlegte. »Der Elf dachte erst, er hätte die richtige Spieluhr. Aber dann hörte er die Melodie und auf einmal war es nicht mehr die Spieluhr, die er wollte. Das heißt, das Kästchen war richtig, aber die Musik war falsch.«

»Dann ist es nur die Walze«, erkannte Bob. »Aus irgendeinem Grund wurde offenbar die Walze –« Der dritte Detektiv verstummte.

Auch die beiden anderen Jungen drehten wie auf ein Kommando die Köpfe in eine Richtung. Da war ein Geräusch gewesen. Ganz nah. Metall war auf Metall gefallen. Und jemand hatte gestöhnt.

Justus stand sofort auf. »Onkel Titus ist unterwegs und Tante Mathilda schleicht nicht im Dunkeln über den Schrottplatz.«

»Eine Katze vielleicht?«, riet Peter.

»Kennst du Katzen, die stöhnen?« Bob folgte Justus zur Tür.

Die Jungen hasteten durch den Wellblechtunnel und drängten sich durch das Kalte Tor. Aber als sie endlich auf dem nächtlichen Schrottplatz standen, hörten sie nur noch schnelle Schritte auf dem Asphalt, die sich in der Ferne verloren.

18. DEZEMBER

Eine schreckliche Überraschung

Am nächsten Morgen herrschte Hochbetrieb im Hause Jonas. Onkel Titus hatte heute seinen großen Auftritt. Seine groß*en* Auftritt*e*. Wie jedes Jahr wollte er verschiedene Krankenhäuser besuchen, um den Kindern, die die Weihnachtstage dort verbringen mussten, eine Freude zu bereiten. Verkleidet als Santa Claus verteilte er alle möglichen Dinge, die sich auf dem Schrottplatz angesammelt hatten und Kindern ein Lächeln ins Gesicht zauberten.

Als Justus das Haus verließ, um sich mit Peter und Bob zu treffen, steckten Tante Mathilda und Onkel Titus bis zu den Schultern in großen Pappkartons vom Dachboden, weil sich die Weihnachtsmannmütze nicht finden lassen wollte. Leise schloss der Erste Detektiv hinter sich die Tür, bevor ihn Tante Mathilda als Suchhund einspannen konnte.

Er hatte am Abend zuvor noch mehrfach versucht, Bigelow zu erreichen, allerdings ohne Erfolg. Und da es auch keine Bandansage gab, die ihm hätte verraten können, wann der Laden wieder öffnete, hatten sie beschlossen, auf gut Glück hinzufahren, um mit Bigelow sprechen zu können. Als Justus das Tor erreichte, fuhr Bob gerade im Käfer vor. Eine Minute später radelte Peter um die Ecke und stellte sein Mountainbike auf dem Schrottplatz ab.

»Und du denkst, der ist um kurz nach neun schon da?« Der Zweite Detektiv schaute auf seine Uhr und kletterte auf den Rücksitz des Käfers.

»Wenn nicht, müssen wir warten.« Justus nahm auf dem Beifahrersitz Platz. »Bigelow ist im Augenblick der Einzige, der uns in diesem Fall vielleicht weiterhelfen kann.«

Als die Jungen zwanzig Minuten später den *Arctic Circle* in Santa Monica erreichten, erwartete sie jedoch eine Überraschung. Vor dem Geschäft standen zwei Einsatzwagen der Polizei mit blinkenden Signallichtern.

»Bigelow wird doch nichts passiert sein?« Justus blickte besorgt aus dem Fenster, während Bob nach einem Parkplatz Ausschau hielt. »Wir wissen ja inzwischen, dass mit dem Elf nicht gut Kirschen essen ist.«

»Seht ihr die Eingangstür?« Peter zeigte auf das Haus. »Die Scheiben sind kaputt. Vielleicht wurde eingebrochen?«

Bob musste noch bis in die nächste Querstraße fahren, ehe er einen Parkplatz fand. Als die Jungen dann am Laden ankamen, verließen die Polizisten offenbar gerade das Haus. Bigelow, reichlich blass im Gesicht, sprach noch mit einem der Officer und sah diesem dann erschöpft hinterher, wie er zum Wagen ging.

»Mr Bigelow?« Justus winkte dem Mann zu. »Hallo?«

Der Trödelhändler schaute nach rechts. »Ah, die zwei … nein, heute seid ihr ja zu dritt. Wie schön.« Der Mann lächelte, doch die Begeisterung wirkte im Vergleich zu gestern bemüht.

Die Jungen erklommen die Stufen zur Eingangstür und schüttelten Bigelow zur Begrüßung die Hand. Aus der Nähe sah er noch viel mitgenommener aus.

»Was ist denn passiert?« Bob nickte in Richtung der Polizeiwagen, die gerade losfuhren.

»Es wurde eingebrochen.« Bigelow zeigte zu den kaputten Scheiben in der Tür. »Irgendwann heute Nacht.«

»Und … wurde etwas gestohlen?« Peter lugte über Bigelows Schulter in den Eingangsbereich des Ladens.

»Ich hatte noch keine Zeit, alles richtig durchzusehen, aber bis jetzt vermisse ich nichts. Es wurde zwar ein heilloses Durcheinander angerichtet und ein paar Dinge gingen auch zu Bruch, aber offenbar hat der Täter nichts mitgenommen.« Bigelow straffte sich, strich sich eine Haarsträhne aus der Stirn und versuchte ein Lächeln. »Ihr kommt sicher wegen der Adresse. Tut mir leid, aber ich habe leider nichts gefunden und dann gestern Abend ganz vergessen, euch Bescheid zu sagen. Ich bin mir inzwischen jedoch ziemlich sicher, dass Mrs White in Thousand Oaks gelebt hat.«

»Danke für die Information, aber das ist gar nicht der Hauptgrund, weswegen wir mit Ihnen sprechen wollten«, sagte Justus und holte die Spieluhr hervor.

»Ah! Ja, das ist die Spieldose von Mrs White«, rief Bigelow. »Ein sehr schönes Stück, nicht wahr?«

»Nun ja. Wir haben allerdings den Eindruck, dass diese Spieluhr einen nicht unerheblichen Makel aufweist, und hätten gerne Ihren fachmännischen Rat dazu eingeholt.«

»Einen Makel?« Bigelow ließ sich die Spieluhr von Justus geben und besah sie von allen Seiten. »Was genau meint ihr? Sie sieht irgendwie ein bisschen ramponiert aus. Ich hatte sie viel hübscher in Erinnerung.«

»Nein, das ist es nicht«, sagte Bob. »Es geht um die Walze im Inneren. Wir glauben, dass Walze und Dose nicht zusammengehören. Wissen Sie noch, welche Melodie die Dose gespielt hat, als Sie sie erworben haben?«

Bigelow dachte nach. »Ich glaube, irgendein Weihnachtslied. *Silent Night* vielleicht. Oder *Carol of the Bells*. Ich weiß es nicht mehr. Die Walze, sagst du?« Bigelow klappte den Deckel auf und sah in das Holzkästchen. »Hm … ja … so …« Er kurbelte und lauschte der Melodie. »*Eine kleine Nachtmusik*?« Er sah die Jungen erstaunt an. »Diese Melodie war es sicher nicht. Ich liebe dieses Stück von Mozart, daran würde ich mich erinnern. Und ihr habt recht. Diese Walze … Sie eiert nicht nur … sie passt gar nicht wirklich auf die kleinen Böcke. Ja, das ist in der Tat merkwürdig.«

»War unter den Artikeln, die *Garcy's* damals erworben hat, noch eine zweite Spieluhr?«, fragte Justus.

Bigelow zog die Augenbrauen hoch. »Wie meinst du, ob da eine zweite … Nein, *Garcy's* hat nur – Oh nein!« Der Mann schlug sich die Hand vor die Stirn. »Ich Dussel! Ich glaube … Ja, das könnte tatsächlich … Oh nein, wie dämlich!«

Die drei ??? sahen sich irritiert an.

Bigelow ließ die Hand auf der Stirn und sah in eine unbestimmte Ferne. »Es gab in der Tat zwei Spieluhren, die in den Verkauf für den Sonder-Flohmarkt gingen. Diese hier und ein ganz hübsches Modell mit vielen kleinen aufgemalten Rentieren. Sehr niedlich. Und auf dieser zweiten Uhr war Mozarts Nachtmusik. Das weiß ich jetzt wieder. Ich erinnere mich, dass ich beide auf meinem Werktisch hatte, um sie zu säubern und zu überholen. Hier ein Schräubchen, da ein bisschen Öl, so was. Dazu musste ich sie natürlich auseinanderbauen …«

»… und beim Zusammensetzen haben Sie die Walzen vertauscht«, vervollständigte Peter den Satz.

Bigelow nickte schwer. »Das könnte natürlich sein. Manchmal bin ich in der Tat ein bisschen … zerstreut.« Er zuckte verlegen die Schultern.

»Und diese andere Spieluhr haben Sie nicht an *Garcy's* verkauft?«, hakte Justus nach.

Bigelow schüttelte den Kopf. »Nein, der Einkäufer wollte sie nicht. Und auch niemand sonst bei unserem Flohmarkt hier im Haus. Sie ging dann erst ein paar Tage später noch über den Onlineverkauf weg.«

»Den Onlineverkauf?« Justus wurde hellhörig.

»Ja! Wilbour, mein Neffe, hat mir das eingerichtet – alles, was wir bei dem Sonder-Flohmarkt verkaufen wollten, hat er zusätzlich auf so eine Webseite … äh, wie sagt man … gestellt und die Sachen konnte man da auch kaufen. Irgendwie. Keine Ahnung, wie das geht, aber es funktioniert tatsächlich.« Bigelow lächelte wieder sein Kleiner-Junge-Lächeln. »Ich habe dann immer E-Mails bekommen und da stand drin, wer was gekauft hat und wohin ich die Sachen schicken musste. Kaum zu glauben, was dieses Internet alles kann, oder?«

Justus hatte die Frage allerdings mit einem ganz anderen Hintergedanken gestellt. »Und diese E-Mails, die den Verkauf begleiteten – die haben Sie noch? Und die Adressen der Käufer?«

»Hm, ja.« Bigelow sah nach hinten in den Laden, als würde er überlegen, wo sich E-Mails verstecken könnten. »Das ist richtig. Kommt rein, sehen wir nach.«

Der Trödelhändler führte sie erneut in das Hinterzimmer mit dem altersschwachen Computer. Auch hier drin hatte der Einbrecher gewütet. Sämtliche Ordner waren aus den Regalen gerissen und offenbar durchsucht worden, Unmengen an Blättern lagen auf dem Boden.

»Was wollte der Einbrecher denn hier drin?«, wunderte sich Bob.

»Keine Ahnung.« Bigelow zuckte die Achseln. »Zum Glück hat er mir den Computer gelassen. Andererseits ist der so schwer, dass man ihn kaum schleppen kann, und so alt, dass ihn heutzutage wohl niemand geschenkt haben wollte.« Er ließ die Klapperkiste wieder anlaufen, wartete … wartete … wartete und öffnete dann das E-Mail-Programm. »So, was haben wir denn da?«

Die Jungen sahen dem Mann über die Schulter. Bigelows E-Mail-Verkehr war überschaubar. Die digitale Welt hatte den Mann tatsächlich noch nicht für sich einnehmen können.

»Das müsste so Ende November gewesen sein.« Bigelow scrollte Zeile für Zeile nach unten. »Das hier … nein, das war der Nussknacker, das hier … war das Engelskostüm … und das … ja! Hier habe ich es. Eine Kiste Wachskerzen, passende Kerzenhalter, acht bunte Holzfigürchen, zwanzig Zuckerstangen zum Aufhängen und eine Spieldose. Rundes Holzgehäuse mit Rentieren in Schneelandschaft, ca. fünfzehn Zentimeter im Durchmesser, Melodie *Eine kleine Nachtmusik*.« Bigelow seufzte. »Irgendwann vergesse ich noch, wo ich wohne und wie ich heiße.«

»Und der Käufer?«, drängte Justus.

»Ach ja, der Käufer. Warte … das war … eine Adresse in … Rocky Beach … in der Sunrise Road … ein gewisser … Titus Jonas.«

19. DEZEMBER

Die Frau vom Polarkreis

»Titus Jonas?«, stieß Justus hervor und starrte auf den Monitor.

Bigelow sah den Ersten Detektiv erstaunt an und runzelte dann die Stirn. »Rocky Beach, Jonas. Du heißt doch mit Nachnamen Jonas, richtig? Justus Jonas. Und ihr kommt aus Rocky Beach.«

»Titus Jonas ist sein Onkel«, erklärte Bob.

»Na, das ist aber mal ein Zufall.« Bigelow schmunzelte.

Justus war nicht zum Schmunzeln zumute. Ein unguter Gedanke kam ihm in den Sinn und er richtete den Blick auf die herumliegenden Ordner. »Über Ihre Verkäufe führen Sie doch sicher Buch? Wegen der Steuer.«

»Ja, natürlich. Wird alles abgeheftet.« Bigelow zeigte auf die Ordner.

»Sind die Online-Verkäufe auch schon bearbeitet?«

»Ja, das habe ich erst letztes Wochenende alles ausgedruckt.«

»Welcher ist der Ordner, in dem sich der Beleg für den Verkauf an meinen Onkel befindet?« Justus bückte sich und begann, die Aufschriften auf den Ordnern zu lesen.

Bigelow griff nach einem dicken grünen Ordner. »Die aktuellen Belege sammle ich immer in dem hier.« Einige Blätter segelten aus dem Aktenordner, als ihn Bigelow vom Boden aufhob. »Oh! Die Verschlussbügel sind aufgegangen.«

»Oder jemand hat sie geöffnet.« Justus hob die losen Blätter auf und sah sie durch.

»Was willst du mit dem Ausdruck?«, fragte Peter.

»Ihn finden.« Die Rechnung für Onkel Titus war nicht unter den herausgefallenen Blättern. Justus legte sie zur Seite. »Darf ich?« Er nahm Bigelow den Ordner aus der Hand und ging die restlichen Papiere durch.

»Und dann?« Peter schüttelte verständnislos den Kopf.

»Wenn der Einbrecher die Rechnung hat, kennt er die Adresse, an die die Spieluhr versandt wurde.« Justus ließ den Ordner sinken. »Nichts. Kein Beleg.«

»Stimmt.« Bob spürte ein Kribbeln im Nacken. »Aber woher hätte er wissen sollen, dass er nach der Rechnung suchen muss?«

»Das wusste er nicht. Er hat wie wir eins und eins zusammengezählt und im Laden nach der zweiten Spieluhr gesucht. Vielleicht hatte er vorher auch beide im Internet gesehen. Als er sie nicht fand, hatte er die Idee, dass sie wie die andere verkauft wurde. Er kam hier ins Büro, suchte nach den Belegen und weiß jetzt, was wir wissen.«

Peter schluckte. »Das heißt, dass wir unbedingt deinen Onkel informieren müssen.«

Justus nickte. »Und zwar schnell!«

Die Jungen verabschiedeten sich von Bigelow, der gerne noch

erfahren hätte, was los war. Aber dafür hatten die drei ??? jetzt keine Zeit. Noch auf den Stufen des Trödelladens griff Justus zum Handy und rief zu Hause an.

»Das ist ja 'n Ding.« Peter kratzte sich am Kopf. »Vielleicht liegt der Schlüssel zu der ganzen Sache schon seit Wochen bei euch auf dem Schrottplatz herum.«

»Geht endlich ran!« Justus ballte unwillkürlich die Faust. »Lasst uns schon mal zum Wagen laufen.«

Das Handy blieb stumm. In der Sunrise Road 45 ging niemand ans Telefon. Justus ließ sein Handy auf der Fahrt nach Rocky Beach mehr oder weniger durchklingeln, aber dort nahm niemand den Hörer ab. Zwischendurch rief er auch immer wieder abwechselnd auf dem Handy seines Onkels und seiner Tante an, aber auch da tat sich nichts – was Justus weniger wunderte. Die beiden hatten ihre Mobiltelefone so gut wie nie dabei.

Die Fahrt zog sich hin. Auf den Straßen war jede Menge los, alles drängte in die Geschäfte und Einkaufszentren, um noch die letzten Geschenke für das Fest zu ergattern. Oft kamen die Jungen nur im Schritttempo voran und einmal standen sie sogar im Stau. Gerade als Justus beschloss, den Rest des Weges zu Fuß zurückzulegen, ging es endlich weiter.

Am Schrottplatz angekommen, stellten die drei Detektive sofort fest, dass Titus' Pick-up nicht mehr da war. Auch von Tante Mathilda war nichts zu sehen.

»Dein Onkel ist schon unterwegs«, sagte Peter.

Justus nickte nur und lief zum Haus. »Tante Mathilda? Hallo? Wo bist du?«

Im Haus war niemand. Alles blieb ruhig. Der Erste Detektiv eilte nach draußen. Peter und Bob hatten sich in der Zwischenzeit schon auf dem Schrottplatz umgesehen. Auch hier keine Spur von Justus' Tante.

»Ist sie vielleicht mitgefahren?«, überlegte Bob.

»Und lässt hier alles sperrangelweit auf?« Justus schüttelte den Kopf. »Nie im Leben. Sie muss hier irgendwo sein. Tante Mathilda? Tante Mathiiiilda!«

Allmählich bekamen es die Jungen mit der Angst zu tun. Es sprach alles dafür, dass der Elf der Einbrecher gewesen war. Und sie wussten aus eigener Erfahrung nur allzu gut, wozu der Mann fähig war.

»Mrs Jooonas!«

»Tante Mathilda! Haaaallo?«

»Ja doch! Meine Güte, was schreit ihr denn so?«

Die drei Jungen fuhren herum. Tante Mathilda trat eben aus dem Schuppen, in dem Onkel Titus seine Spezialitäten aufzubewahren pflegte.

»Da bist du ja«, rief Justus hörbar erleichtert und ging auf seine Tante zu.

»Ja, da bin ich.« Mathilda Jonas schüttelte irritiert den Kopf. »Wo sollte ich auch sonst um diese Zeit sein?«

»Ich versuche schon die ganze Zeit, dich oder Onkel Titus zu erreichen, aber ihr geht nicht ans Telefon.«

»Dann warst du das, der hier dauernd angerufen hat. Ich habe mich schon gewundert. Aber ich hatte Kundschaft und konnte nicht rangehen.«

»Ah ja …«

»Was ist denn nur los? Du tust ja gerade so, als wäre ich seit Jahren verschollen gewesen und gerade wieder aufgetaucht.« Tante Mathilda klopfte sich den Staub von der Schürze. »Sag bloß, du hast mich vermisst?« Ein verschmitztes Lächeln huschte um ihre Mundwinkel.

»Ja, äh, nein, ähm, alles gut.« Justus lächelte schief. »Onkel Titus ist schon weg, oder?«

Tante Mathilda sah ihren Neffen nachdenklich an. Irgendwie kam er ihr seltsam vor. »Ja, seit einer halben Stunde etwa. Wieso?«

»Und sein Handy hat er wie immer nicht dabei, richtig?«

»Du weißt doch, was er von dem Ding hält. Es liegt bestimmt in der Schublade im Flur. Was ist denn nun los? Irgendetwas stimmt doch nicht mit euch. Oder ist irgendwas mit Titus? Was wollt ihr denn von ihm?« Sie schaute den drei Jungen nacheinander in die Augen. »Ihr blickt drein, als hätte euch jemand erzählt, dass dieses Jahr Weihnachten ausfällt.«

»Alles … gut.« Bob klang wenig überzeugend.

»Super.« Peter hob den Daumen.

»Ich … Wir wollten Onkel Titus nur noch was fragen. Wegen Weihnachten und so«, wand sich Justus. Dass sich jetzt auch noch Tante Mathilda Sorgen machte, war das Letzte, was sie im Moment gebrauchen konnten.

»Aha. Wegen Weihnachten und so. Na ja, ich will gar nicht so genau wissen, was euch Lausebengels immer im Kopf herumspukt. Aber Justus, wo du schon mal hier bist: Weißt du vielleicht, wo wir Spieluhren haben?«

Dem Ersten Detektiv fiel fast die Kinnlade herunter. »Spieluhren?«

Auch Peter und Bob machten große Augen.

»Ja, du weißt schon, dieses Kinderspielzeug zum Kurbeln, und dann erklingt eine Melodie. Ich habe gerade im Schuppen deines Onkels nachgesehen, aber da sind auch keine.«

»Und … warum willst du das wissen?«

»Weil jetzt innerhalb einer Stunde zwei Leute hier waren, die danach gefragt haben. Erst ein recht übellauniger junger Mann und dann eine sehr nette junge Frau.«

Bei den drei ??? schrillten alle Alarmglocken. War der Mann der Elf gewesen?

»Was hast du denen gesagt?« Justus spürte, wie sich seine Kehle verengte.

»Dem Mann habe ich gesagt, dass er deinen Onkel fragen soll. Der könne ihm da vermutlich weiterhelfen, müsse aber jetzt wohin. Ich konnte mich erinnern, dass dein Onkel vor gar nicht allzu langer Zeit eine Spieluhr im Internet erstanden hat. Aber der Mann war mir so unsympathisch, dass ich mich nicht länger mit ihm abgeben wollte. Und Titus saß schon im Pick-up.«

»Und der Mann ist dann wieder gegangen?«, fragte Peter.

Tante Mathilda machte ein mürrisches Gesicht. »Ohne sich zu verabschieden. Flegel. Aber die Frau eben war wirklich nett. Sie wollte unbedingt eine Spieluhr für ihre kleine Nichte kaufen. Ich habe dann überall für sie gesucht, aber nichts gefunden.«

»Eine junge Frau.« Justus überlegte fieberhaft. Eine junge Frau? Bislang war ihnen noch keine junge Frau begegnet, die in dem

Fall irgendeine Rolle gespielt hätte. Oder hatten sie etwas übersehen? »Und wie hat diese junge Frau ausgesehen?«

»Wie die ausgesehen hat?« Mathilda dachte kurz nach. »Jung eben. Lange blonde Haare, rote Brille. Nett. Wieso willst du das denn schon wieder wissen?«

Justus und Bob sahen sich an. Jeder von ihnen dachte das Gleiche: die Frau vom Polarkreis!

20. DEZEMBER

Elf auf der Flucht

»Also, weißt du jetzt, ob noch irgendwo eine Spieluhr herumliegt, oder nicht?« Tante Mathilda schaute ihren Neffen erwartungsvoll an. »Ich habe der jungen Dame gesagt, dass ich mich schlaumache und sie gerne morgen noch einmal vorbeikommen kann. Und ihr würde ich die Spieluhr wirklich sehr viel lieber verkaufen als diesem ungehobelten Klotz.«

Morgen, dachte Justus, *morgen ist es vielleicht zu spät*. »Nein, tut mir leid, ich weiß nicht, ob wir noch eine auf Lager haben.« Der Erste Detektiv gab sich alle Mühe, seine Aufregung unter Kontrolle zu halten. Er lächelte so unbefangen wie möglich und hoffte, dass seine Tante nicht merkte, wie es eigentlich in ihm aussah. »Welche Krankenhäuser will Onkel Titus denn in diesem Jahr besuchen?«, fragte er wie nebenbei. »Die üblichen?«

Tante Mathilda zögerte. »Wegen Weihnachten und so, nicht wahr?« Ihr Argwohn war mit Händen zu greifen.

»Wir … dürfen nicht zu viel verraten«, kam Bob seinem Freund zu Hilfe. »Weil man ja manchmal … Sie wissen schon.«

Tante Mathildas Augen weiteten sich. »Jetzt verstehe ich! Du willst ihn was fragen, was mit einem Geschenk für mich zu Weihnachten zu tun hat? Das ist es, oder? Deswegen druckst ihr drei so herum.« Sie strahlte über das ganze Gesicht und setzte dann eine betont ahnungslose Miene auf. »Ich habe nichts gehört. Weiß gar nicht, wovon ihr sprecht. Ihr wart überhaupt nicht hier.« Sie gluckste. »Und dein lieber Onkel macht die übliche Tour. Die gleiche wie jedes Jahr.«

»Und in welcher Reihenfolge?«

»Das weiß ich nicht, mein Schatz.«

»Danke, ich danke dir.« Der Erste Detektiv lächelte dünn. »Bis nachher.«

»Bis nachher«, flötete Tante Mathilda. Sie winkte den drei Jungen galant zu und spazierte dann summend zum Wohnhaus.

»Jetzt musst du dir aber ein absolutes Hammer-Weihnachtsgeschenk für deine Tante ausdenken«, sagte Peter und blickte Mathilda Jonas hinterher, die die Stufen zum Eingang hinaufschwebte. »Mit ’ner neuen Küchenschürze kommen dein Onkel und du nicht aus dieser Nummer raus.«

Justus blies die Backen auf. »Und genau so eine habe ich schon gekauft. Egal, darum kümmere ich mich später. Jetzt haben wir andere Probleme. Wir müssen damit rechnen, dass der Elf Onkel Titus gefolgt ist. Kommt mit.« Der Erste Detektiv lief los.

»Klar«, verstand Peter. »Dein Onkel machte sich gerade auf den Weg. Und nach dem, was deine Tante dem Kerl erzählt hat, weiß er jetzt, von wem er die nötigen Infos bekommt. Und die Frau war die aus dem Trödelladen?«

Bob nickte. »Könnte gut sein. Und wenn das nicht ein absoluter Zufall war, dass die hier auftaucht und nach einer Spieluhr fragt, stellt sich natürlich die Frage, was sie mit unserem Fall zu tun hat.«

»Ich glaube nicht an Zufälle«, knurrte Justus. »Aber zuerst müssen wir Onkel Titus finden. Und zwar, bevor der Elf …« Er biss sich auf die Lippen und starrte zu Boden.

»Er wird deinem Onkel nichts antun«, versuchte Bob seinen Freund zu beruhigen und schloss seinen Käfer auf. »Er will nur diese Spieluhr. Außerdem muss er erst einmal an deinen Onkel rankommen. Wie viele Krankenhäuser klappert der immer ab?«

»Vier«, antwortete Justus.

»Wir könnten die Krankenhäuser anrufen«, überlegte Peter und stieg hinten ein. »Vielleicht hat er Termine mit ihnen ausgemacht, dann wissen wir, wann er wo ist.«

»Macht er nie«, erwiderte Justus. »Weil sich das nicht so exakt planen lässt. Die wissen, dass er heute kommt, aber nicht genau, wann.«

»Okay, dann richten wir ihnen aus, dass er uns sofort anrufen soll, wenn er auftaucht.«

»Gut.« Justus nahm auf dem Beifahrersitz Platz. »Wir rufen gleich in den Kinderabteilungen an, da will Onkel Titus ja hin. Aber eine gewisse Unsicherheit bleibt. Die Krankenhäuser sind groß und haben auch anderes zu tun, als für uns die Telefonvermittlung zu spielen. Wir sollten uns in jedem Fall schon mal auf den Weg machen.«

»Aber auf welchen?« Bob ließ den Motor an.

»Ich werde eine Route ermitteln, auf der die Wahrscheinlichkeit, Onkel Titus unterwegs zu begegnen, am größten ist.«

»Ich könnte meinen MG nehmen und wir teilen uns auf«, schlug Peter vor.

»Gute Idee«, stimmte Justus zu. »Dann erst zu dir.«

Während der Fahrt zu Peter suchte Justus auf seinem Handy nach Routen, die seinen Onkel zu den verschiedenen Krankenhäusern brachten. Und tatsächlich gab es einige Wegabschnitte, die Titus immer wieder nehmen musste, egal in welcher Reihenfolge er die Krankenhäuser besuchte. Dort war die Wahrscheinlichkeit am größten, dass sie ihn abfangen konnten.

Peter rief in der Zwischenzeit bei den Krankenhäusern an, doch das brachte sie nicht weiter. Im Rocky Beach Memorial Hospital, dem nächstgelegenen Klinikum, war Onkel Titus laut Auskunft einer Schwester der Kinderabteilung noch nicht aufgetaucht. Offenbar fing er dieses Jahr mit einem weiter entfernt gelegenen Krankenhaus an. Doch auch in keinem der anderen Hospitäler war Onkel Titus bislang erschienen.

Justus sah auf die Uhr. »Er ist jetzt seit 45 Minuten unterwegs.«

»Vielleicht steckt er in einem Stau.« Bob hielt seinen Käfer vor Peters Haus an.

»Kann sein.« Aber ein nagendes Gefühl in Justus' Magengegend sagte ihm, dass irgendetwas anderes – oder irgendjemand – seinen Onkel aufhielt.

Die Jungen teilten sich auf. Peter machte sich in seinem MG auf den Weg zum Saint Michael's Hospital in Santa Monica, während Justus und Bob über den Sunset Boulevard nach Westwood fuhren. Über ihre Handys wollten die Jungen in Verbindung bleiben.

Der Zweite Detektiv war noch keine zehn Minuten unterwegs, als sein Mobiltelefon klingelte. Auf dem Display stand eine unbekannte Nummer. »Peter Shaw?«

»Äh, hier ist das Rocky Beach Memorial Hospital. Hast du vorhin angerufen wegen unseres Weihnachtsmannes?«

»Ja.« Peter setzte sich kerzengerade hin. »Ja, richtig, das war ich.«

»Tut mir leid, ich habe dir da vorhin Unsinn erzählt. Der Weihnachtsmann war tatsächlich schon bei uns und ist gerade wieder raus. Hier ist heute so viel los, dass selbst ein Weihnachtsmann in dem ganzen Trubel nicht mehr auffällt. Sorry.«

»Danke. Wäre es vielleicht möglich, dass Sie ihn noch kurz ans Telefon holen? Es ist sehr wichtig.«

»Nein, tut mir leid, Junge. Aber ich kann hier wirklich nicht weg.«

»Verstehe. Trotzdem vielen Dank.« Peter legte auf, fuhr rechts ran und wählte Justus' Nummer.

Nach dem ersten Klingeln hob der Erste Detektiv ab. »Peter? Was gibt's?«

»Just. Gerade hat mich das Rocky Beach Memorial angerufen. Onkel Titus war doch schon bei ihnen.«

»Dann besucht er die Krankenhäuser offenbar doch in der Reihenfolge ihrer Entfernung. Das nächste wäre dann das Saint Michael's in Santa Monica.«

»Dachte ich mir auch.«

»Bieg da vorne rechts ab, Bob. Onkel Titus war doch schon in Rocky Beach und fährt jetzt vermutlich nach Santa Monica.«

»Okay.« Bob sah in den Rückspiegel und setzte den Blinker.

»Soll ich langsamer fahren, damit ihr mich einholt?«, fragte Peter.

»Nein, wir beeilen uns. Wenn du vor uns da bist, weißt du, was zu tun ist.«

»Alles klar.« Peter sah auf seinen Tachometer und gab ein wenig mehr Gas. 65 Meilen pro Stunde durfte er auf dem Pacific Coast Highway fahren. Ein paar Minuten später nahm er den Abzweig auf den Santa Monica Boulevard und hielt sich Richtung Innenstadt. Kurz bevor er diese erreicht hatte, bog er rechts ab und konnte dann bereits ein Nebengebäude des Saint Michael's Hospital am Ende der Straße erkennen. An der nächsten Kreuzung musste er wegen einer roten Ampel jedoch erst einmal stehen bleiben. Erneut klingelte sein Handy. »Ja, Just?«

»Wo bist du?«

»Gleich da. Und ihr?«

»Gerade vom Highway runter.«

»Okay, dann seid ihr etwa –« Peter hielt inne.

»Zweiter? Hallo?«

»Just, da vorne steht der Pick-up deines Onkels!« Peter sah in die rechte Seitenstraße. Keine dreißig Meter von der Kreuzung entfernt führte sie unter einer kleinen Fußgängerbrücke hindurch. Und genau unter dieser Brücke stand der Pick-up.

»Sein Pick-up? Und Onkel Titus?«

»Der sitzt drin, soweit ich das von hier aus erkennen kann.«

»Kannst du nicht aussteigen?«

»Ich stehe mitten auf der Straße an der Ampel, Just. Und jetzt wird es grün.«

»Dann fahr rechts ran!«

»Warte.« Peter legte den ersten Gang ein, fuhr über die Kreuzung und stellte seinen MG auf der anderen Straßenseite auf den Bürgersteig. Dann stieg er aus und lief zurück. »Ja, er sitzt drin. Ich frage mich, warum er da angehalten – Oh nein! Mist!«

»Was?«

»Der Elf! Er sitzt neben ihm!« Peter lief weiter. Bis zum Pick-up waren es keine zehn Meter mehr.

»Der Elf sitzt neben ihm? Im Pick-up? Kostümiert?«

»Ja doch! Ich sehe die spitzen Ohren. Und er hält irgendetwas in der Hand, mit dem er auf deinen Onkel – Zum Teufel!«

»Peter?«, schallte es aus dem Hörer. »Was ist da los?«

»Er hat mich gesehen. Der Elf hat mich gesehen.«

Sekunden später heulte der Motor auf. Vor dem Zweiten Detektiv rumpelte der Pick-up auf die Straße und stob mit quietschenden Reifen davon.

21. DEZEMBER

Verfolgte Verfolger

Peter hetzte zurück zu seinem Wagen. »Er fährt die 14. nach Südosten.«

»Wer? Onkel Titus? Er fährt weg?«

»Ja. Aber ich glaube nicht, dass er das freiwillig tut.«

»Bleib dran. Wir nehmen die Colorado Avenue und versuchen ihnen den Weg abzuschneiden. Da vorne links, Bob!«

Peter sprang in sein Auto, schaltete das Handy auf Lautsprecher, warf es auf den Beifahrersitz, um beide Hände frei zu haben, und startete den Motor. »Hört ihr mich?«

»Geht so. Sprich ein wenig lauter. Und gib Gas!«

»Worauf du dich verlassen kannst.« Peter setzte zurück, holperte vom Bürgersteig, ignorierte das Hupen um ihn herum und schlug hart links ein. Dann legte er knirschend den ersten Gang ein und jagte die 14. Straße hinunter.

»Siehst du den Pick-up, Zweiter?«

»Noch nicht. Aber allzu viel Vorsprung kann er eigentlich nicht haben.«

»Wir sind jetzt auf Höhe der 6. Wenig Verkehr, wir kommen gut durch.«

»Okay … oh, wartet mal … was ist …? Da vorne ist eine Baustelle. Fahrbahnverengung auf eine Spur. Ich sehe den Pick-up. Er muss an der mobilen Ampel warten.«

»Wie weit bist du weg?«

»Zwischen uns sind etwa zehn Wagen. Gleich muss ich aber auch anhalten.«

»Kannst du rausspringen und hinlaufen?«

»Das könnte vielleicht klappen, wenn ich – Nein, Mist. Die Ampel wird grün. Hoffentlich schaffe ich das, bevor es wieder rot wird.«

Quälend langsam fuhren die Wagen vor Peter an und schoben sich auf die Behelfsampel zu. Der Pick-up befand sich bereits in der Spur, die an der Baustelle vorbeiführte, durfte dort allerdings nur im Schritttempo fahren.

»Macht schon, macht schon!« Peter rüttelte am Lenkrad und beugte sich nach vorne. »Schneller. Schlaft nicht ein!«

»Schaffst du es?«, kam es aus dem Handy. »Wir sind jetzt an der 10.«

»Ich weiß es nicht. Wenn diese Schnarchnasen vor mir nicht endlich einen ordentlichen Zahn zulegen, zuckel ich morgen noch hier herum.«

Als nur noch zwei Autos vor Peter waren, schaltete die Ampel auf Gelb. Der Pick-up hatte die Engstelle schon fast passiert. Der Zweite Detektiv fluchte lautstark, als das Auto vor ihm stehen blieb.

»Was ist passiert?«, drang es aus dem Hörer.

»*Jetzt* passiert was. Ich krieg hier die Krise!« Peter riss das Steuer nach links und trat auf das Gaspedal. Die Ampel war längst rot, als er an ihr vorbeischoss. Doch zu seinem Glück waren die Verkehrslichter so geschaltet, dass der letzte Wagen genügend Zeit hatte, die Baustelle zu durchfahren, bevor es für die andere Seite grün wurde. Peter beschleunigte noch einmal und ging erst vom Gas, als er seinen Vordermann erreicht hatte. »Drückt mir die Daumen, dass da grade keine Polizei in der Nähe war«, sagte Peter. »Und mich keine Verkehrskamera gefilmt hat.«

»Wobei?«, rief Bob.

»Das willst du nicht wissen. Wo seid ihr jetzt? Der Pick-up biegt links in die Colorado ein. Ich bin fast dran an ihm, weil die meisten anderen Wagen rechts abgebogen sind.«

»Wir sind jetzt ... Ich sehe ihn!«, stieß Justus hervor. »Da vorne.«

»Hab ihn«, bestätigte Bob. »Etwa fünfzig Meter voraus, mittlere Spur. Und da bist du, Zweiter.«

»Ich seh euch auch, Kollegen«, sagte Peter grimmig und folgte dem Pick-up in einem weiten Viertelkreis auf die dreispurige Hauptverkehrsstraße. »Klemmt euch am besten hinter mich. Ab jetzt hat der Knilch keine Chance mehr.« Der Zweite Detektiv winkte seinen Freunden im Rückspiegel zu und Justus winkte zurück.

»Fahr nicht so dicht auf, Zweiter.«

»Hast recht.« Peter verlangsamte sein Tempo.

Die drei Jungen folgten dem Pick-up noch eine Weile auf der Colorado Avenue, dann bog Onkel Titus rechts ab. Es ging durch ein Viertel mit kleineren Geschäften, die bald von Einfamilienhäusern abgelöst wurden. Die Straße führte auf die Santa Monica Mountains zu und stieg dabei beständig an.

Peter drehte seinen Kopf in Richtung Handy. »Habt ihr eine Erklärung dafür, warum der Kerl mit Onkel Titus so durch die Gegend gurkt?«

»Der will raus aus der Stadt«, erkannte Bob und sah zum wiederholten Male in den Rückspiegel.

»Ja, aber wieso? Just?«

»Ich weiß es auch nicht. Er müsste ihn doch nur fragen, wo diese Spieluhr ist.«

Der dritte Detektiv blickte in den Seitenspiegel. »Ich glaube, wir haben noch ein Problem.«

»Noch ein Problem?«

»Was meinst du?«

»Dreht euch jetzt nicht plötzlich um oder verhaltet euch auffällig. Aber der blaue Toyota hinter uns verfolgt uns. Mir war das erst nicht bewusst, weil ich ihn nicht die ganze Zeit gesehen habe. Aber er ist immer wieder hinter uns. Seit Rocky Beach.«

»Ein blauer Toyota?« Justus setzte sich so hin, dass er in den rechten Seitenspiegel schauen konnte. »Ja, ich sehe ihn.«

»Könnt ihr erkennen, wer da drinsitzt?«, fragte Peter.

»Es ist nur eine Person«, erwiderte Bob. »Ich fahre mal ein wenig langsamer.« Der dritte Detektiv drosselte sein Tempo und in den ersten Sekunden danach fuhr der Toyota tatsächlich näher auf, bevor auch er langsamer wurde. Aber diese paar Sekunden reichten Justus und Bob, um mehr erkennen zu können.

»Es ist eine Frau, oder?« Bob schloss wieder zu Peter auf.

»Das ist bestimmt nicht irgendeine Frau.« Justus blickte noch einmal in den Seitenspiegel. »Sie hat blonde Haare und trägt eine Brille.«

»Die aus dem Trödelladen?«, rief Peter. »Ist es die?«

»Ich bin mir ziemlich sicher, dass es sie ist, auch wenn ich überhaupt keine Idee habe, was sie mit der Sache zu – Peter!« Justus beugte sich ruckartig nach vorne. »Der Pick-up!«

Von einem Augenblick auf den anderen hatte der Pick-up beschleunigt. Er war auf die linke der beiden Spuren gewechselt und plötzlich davongeschossen.

»Oh, Mann! Hat der mich gesehen?« Peter gab ebenfalls Gas.

»Jetzt biegt er rechts ab«, rief Bob.

Der Pick-up schnitt wieder auf die rechte Spur zurück und jagte schlingernd in eine Seitenstraße. Ab jetzt ging es merklich steiler bergauf. Die Häuser, die an den drei Jungen vorbeiflogen, wurden größer und luxuriöser. Zweimal bogen sie nach links, dann wieder nach rechts ab.

»Vorsicht!«, schrie Peter plötzlich.

Ein großer schwarzer Hund war aus einer Einfahrt gestürmt. Mitten auf die Straße. Der Pick-up wurde nach links gerissen, kam erneut ins Schlingern, schleuderte nach rechts, holperte um Haaresbreite an dem Tier vorbei und hielt dann geradewegs auf einen großen Stapel Altpapier zu, der zur Abholung bereitgestellt worden war.

»Oh nein.« Peter trat auf die Bremse.

»Festhalten, Onkel Titus!« Justus kniff instinktiv die Augen zu und hielt den Atem an.

Ein hässliches Kreischen schrillte durch die Luft, dem ein dumpfer Einschlag folgte. Der Pick-up bohrte sich in den Papierhaufen und dutzende von Blättern stoben wie aufgeschreckte Vögel durch die Luft. Im nächsten Augenblick wurde die Beifahrertür aufgestoßen.

»Der haut ab!«, rief Peter.

»Was ist mit Onkel Titus? Bob, halt an, schnell!«

Der Elf taumelte aus dem Pick-up und griff sich an den Kopf. Er blickte sich um, entdeckte Peter, der aus seinem MG sprang, und lief schwankend in die andere Richtung.

Einen Moment zögerte Peter, dann rannte er zur Fahrertür des Pick-ups. Hinter ihm stiegen Justus und Bob aus dem Käfer und eilten los.

»Mr Jonas?« Der Zweite Detektiv riss die Fahrertür auf. »Mr Jonas? Alles in Ordnung? Sind Sie verletzt?«

Onkel Titus schob seine Weihnachtsmannmütze, die ihm ins Gesicht gerutscht war, nach hinten und zog seinen weißen Rauschebart nach unten. »Hallo, Peter. Oh! Justus, Bob. Schön, euch zu sehen.« Er lächelte angestrengt.

»Onkel Titus!« Justus beugte sich in die Fahrerkabine. »Um Gottes willen. Bist du verletzt?«

Onkel Titus grinste und klopfte sich auf seinen ausgestopften Weihnachtsmannbauch. »Ich hatte einen Airbag dabei. Alles gut. Mir ist ein bisschen schwindelig, aber sonst fehlt mir nichts.«

»Wirklich?« Justus blinzelte hektisch vor Sorge. »Sollen wir nicht lieber den Notarzt rufen?«

»Ach was. Unkraut vergeht nicht. Und jetzt seht lieber zu, dass ihr diesen Halunken erwischt. Da vorne läuft er.«

22. DEZEMBER

Im Würgegriff der Rentiere

»Okay. Aber du wartest hier auf uns, ja?«, verlangte Justus.

Onkel Titus nickte. »Das mach ich. Ich muss ohnehin ein wenig verschnaufen nach der ganzen Aufregung.«

Justus wollte loslaufen, als Peter ihn festhielt. »Erster, sieh doch, da unten!«

Justus schaute in den Fußraum des Fahrersitzes. Eine matt schimmernde Pistole lag ganz vorne unter dem Bremspedal.

»Sehr gut. Ein Problem weniger.«

Die drei Jungen machten sich an die Verfolgung. Der Elf hatte gut hundert Meter Vorsprung. Sie sahen ihn die Straße hinaufeilen. Er lief sehr ungleichmäßig, stolperte auch hin und wieder und zog das rechte Bein etwas nach. Der Aufprall schien ihm mehr zugesetzt zu haben als Onkel Titus.

Peter hielt plötzlich an. »Lauft ihr schon mal weiter. Ich hole den MG und sammle euch ein.«

»Nein, bleib bei uns, Zweiter.« Justus schüttelte den Kopf. »Hier gibt es überall schmale Wege, die zwischen den Grundstücken verlaufen. Wenn er in so einen reinläuft, bringt uns ein Auto gar nichts.«

»Okay.« Peter nahm wieder Fahrt auf.

In dem Moment drehte der Elf sich um und blickte nach hinten. Er stützte sich kurz auf seinen Knien ab und atmete heftig ein und aus. Dann wandte er sich nach rechts und verschwand hinter einer Hecke.

»Das meinte ich«, keuchte Justus. »Da vorne gibt es sicher so einen Weg.«

Der Erste Detektiv sollte recht behalten. Der Elf war zwischen zwei Pollern hindurch in einen engen Gehweg gelaufen, der steil bergab führte. Als die drei Jungen dort ankamen, bog er eben vorne links ab. Aber von ihrem erhöhten Standpunkt aus konnten sie noch seine Maske und die spitzen Ohren erkennen. Sie hatten eindeutig Boden gutgemacht. Der Elf war ihnen jetzt vielleicht noch siebzig Meter voraus.

»Ich nehme eine Abkürzung.« Peter hielt auf die Hecke des Grundstückes links von ihnen zu. »Wir treffen uns da unten.« Er deutete den Hang hinab.

»Peter, das ist ein fremdes und noch dazu eingezäuntes Grundstück«, mahnte Bob. »Da kannst du nicht einfach Peter!«

»Bis gleich.« Der Zweite Detektiv grinste noch einmal, stieg vollends durch die Hecke und war weg.

»Irgendwann wartet hinter so einem Zaun mal ein Rottweiler groß wie ein Kalb auf ihn. Vielleicht hört er dann auf uns.« Justus zuckte die Schultern und er und Bob rannten weiter.

Keine zehn Sekunden später ertönte ein tiefes, wütendes Gebell. Von zwei Hunden. Großen Hunden. Und das Gebell kam von links.

»Oh, Mist!«, entfuhr es Justus.

»Weg! Pfui! Aus!«, hörten sie Peters panische Stimme von Weitem. »Neeeein!« Ein lautes Platschen ertönte und die Hunde kläfften noch aufgebrachter.

»Peter?«, rief Bob durch die Hecke, die hier so dicht war, dass sie ihren Freund nicht sehen konnten. Hinter den Blättern war eine bläulich schimmernde Fläche auszumachen. Und die Jungen hörten deutlich Planschgeräusche.

»Weiter!«, prustete Peter. »Lauft weiter, Kollegen. Alles in Ordnung. Ich komme nach.«

Bob sah Justus an. »Pool, oder? Der ist in den Pool gesprungen.«

»Und die Hunde offenbar nicht.« Justus hob die Stimme. »Ist wirklich alles okay, Zweiter?«

»Ja, ja, ich komme klar. Irgendwie.«

»Just! Sieh mal. Da!« Bob deutete den Weg hinab. Der Elf kam zurück.

»Vielleicht war das eine Sackgasse.«

Die Jungen trennten nur noch zwanzig Schritte von dem Mann. Für einen kurzen Moment konnten sie ihm in die schwarzen Augen sehen. Wut glomm darin und eine unverhohlene Drohung. Der Elf presste einen unverständlichen Fluch zwischen seinen Lippen hervor und spie auf den Boden. Dann wandte er sich nach rechts und hetzte weiter. Immer noch hinkte er und kam bei Weitem nicht so schnell voran wie gestern, als Bob ihn im Park verfolgt und schließlich verloren hatte.

»Los … wir haben … ihn bald … eingeholt.« Justus merkte, wie ihm langsam die Kräfte schwanden.

»Spar dir deinen Atem.« Bob drehte sich nach seinem Freund um. »Wir können nicht mit Peters Hilfe rechnen. Und wenn sich der Kerl wieder von dem Crash erholt hat, dann werden wir – Ah!« Der dritte Detektiv zog ruckartig das rechte Bein an, stolperte und fiel dann in das Gras neben dem Weg.

Justus blieb sofort stehen. »Bob, was ist? Hast du dich verletzt?«

»Aua.« Bob rollte sich auf die Seite und hielt sich den Fuß. »Ich habe mir den Knöchel vertreten. Au, das tut vielleicht weh! So ein Mist!«

»Hast du dir was gebrochen? Oder womöglich eine Sehne gerissen?« Justus kniete sich auf den Boden und sah sorgenvoll auf seinen Freund.

»Weiß nicht«, presste Bob mit schmerzverzerrtem Gesicht durch die Zähne. »Ich glaub nicht. Nur vertreten, hoff ich. Tut aber trotzdem höllisch weh.«

Justus sah kurz dem Elf hinterher, der von dem Sturz nichts mitbekommen hatte. »Ich … rufe –«

»Nein, Just. Du bist jetzt unsere letzte Chance. Bleib an dem Typen dran. Ich informiere mit dem Handy die Polizei, damit sie dir zu Hilfe kommt.«

»Bob, ich bin nicht Peter«, sagte Justus hoffnungslos. »Ich laufe jetzt schon auf Reserve.«

»Tust du nicht. Lauf gleichmäßig, atme und stell dir vor, dass du der beste Läufer aller Zeiten bist. Los, mach schon. Das schaffst du. Krieg dieses Scheusal, das deinen Onkel gekidnappt hat.«

Eine Zornesfalte zeichnete sich auf Justus' Stirn ab. Er richtete sich langsam auf. »Okay … dann … Du wartest hier.«

Bob lächelte schmerzerfüllt. »Nein, ich geh eine Runde joggen. Los jetzt!«

Der Erste Detektiv setzte sich in Bewegung. Gleichmäßig laufen. Atmen. Der beste Läufer aller Zeiten. Entschlossen sein. Dranbleiben an dem Widerling, der Onkel Titus in Gefahr gebracht hatte.

Und die Kraft dieser Gedanken tat Wirkung. Justus spürte, wie sich neue Energie in seinen Muskeln ausbreitete, er konnte besser und freier atmen, sein Herz schlug schnell, aber beständig und kraftvoll.

Und der Abstand zu dem Elf schmolz. Der Ganove sah einmal über die Schulter, wurde langsam und schaute gleich noch einmal verblüfft nach hinten. Ganz offensichtlich wunderte er sich, dass er nur noch einen Verfolger hatte. Doch irgendetwas an Justus strahlte so viel Beherztheit und Unerschrockenheit aus, dass der Elf lieber weiter sein Heil in der Flucht suchte, als sich dem Ersten Detektiv entgegenzustellen.

Nach einem Kinderspielplatz mündete der Weg auf eine größere Straße. Autos kamen von rechts und links, einige Fußgänger waren unterwegs. Den Elf interessierte beides nicht. Er rempelte eine Frau mit Einkaufstüten an und stolperte auf die Fahrbahn. Im Nu war er auf der anderen Straßenseite und lief in eine Seitengasse.

Atmen. Gleichmäßig laufen. Justus spürte, wie ihm nun doch die Luft ausging. Da halfen auch keine positiven Gedanken. Er war nicht Peter. Nicht das Sportass der drei ???. Er war Justus, das Superhirn, leicht übergewichtig und in Sachen Sport einfach eine Niete. Außer im Brustschwimmen, aber das nützte ihm hier nicht viel. Keuchend überquerte er die Straße und setzte die Verfolgung fort. Bester Läufer aller Zeiten. Von wegen.

Und dann war der Elf nicht mehr zu sehen. Der Erste Detektiv hatte für ein paar Augenblicke nach unten gesehen, um auf dem schadhaften Plattenweg nicht über seine eigenen müden Füße zu fallen. Und als er wieder aufgeblickt hatte, war der Elf auf einmal weg gewesen.

Dabei gab es hier keinen Abzweig, keine Kreuzung. Links und rechts lagen Gärten, abgegrenzt durch niedrige Zäune oder luftige Hecken. Der Elf musste auf eines der Grundstücke gerannt sein. Der Garten links war weitläufig, viel Wiese, einige Beete. Da müsste Justus ihn noch sehen. Im Garten rechts standen mehr Bäume und Büsche und dazwischen alles, was man an Weihnachten draußen zum Leuchten bringen konnte: Rentiere, Engel, Schlitten, Bäumchen, ein Santa Claus aus Vollplastik, sogar ein Metallgerüst in der Form eines Kamels wuchs aus einem Sandkasten. Und überall Leuchtketten und Lichterschlangen. Hunderte, tausende von Glühbirnchen, die an ungezählten Kabelmetern hingen, die kreuz und quer über dem Boden verliefen. Nachts musste dieser Garten in einer wahren Lichterpracht erstrahlen und den Stromverbrauch der Eigentümer in schwindelnde Höhen treiben.

Aber keine Spur von dem Elf. Justus ließ seinen Blick ein letztes Mal durch das Weihnachtsland schweifen und – hielt inne.

Da vorne bewegte sich doch etwas! Neben den Rentieren, kurz vor den lebensgroßen Engeln. Am Boden. Der Erste Detektiv schob sich durch die lichte Hecke – und konnte kaum fassen, was er sah.

»Glotz nicht so blöd!«, fuhr ihn der Elf an.

Justus trat näher. Der Mann lag am Boden, auf der Wiese, verheddert in einem Wust aus dünnen Kabeln. Er strampelte, riss an den Kabeln, drehte und wand sich, aber er hatte keine Chance. Die Lichterketten, die sich um die Rentiere schlängelten, von dort zu den Engeln, den Bäumchen und sonst wohin führten, wickelten sich immer enger und fester um seine Beine und Arme. Und je mehr sich der Elf zu befreien versuchte, desto unerbittlicher zogen sich die weihnachtlichen Fesseln zu. Kabelschlinge um Kabelschlinge legte sich um den Ganoven und der Erste Detektiv musste kurz grinsen, als er sich vorstellte, wie das Ganze wohl mit Beleuchtung aussehen würde. Ein eingewickelter Elf in vollem Lichterglanz. Am Ende kippte eines der Rentiere um und fiel quer auf den Mann.

23. DEZEMBER

Nächstes Weihnachten

Justus rief Bob an, der in wenigen Minuten bei ihm war. Der dritte Detektiv humpelte, glaubte aber nicht, dass er sich ernsthaft verletzt hatte. Kurz darauf traf ein Streifenwagen am Ort des Geschehens ein. Bob hatte der Polizei schon am Telefon erläutert, worum es ging, sodass sich die Jungen fürs Erste weitere Erklärungen sparen konnten.

»Wir nehmen das Paket jetzt erst mal mit aufs Department.« Der Polizist grinste und blickte zu dem Elf am Boden, der schäumend vor Wut, aber nahezu bewegungsunfähig in die Grashalme starrte. »Ist ja einwandfrei verschnürt und gut zu transportieren. Wir melden uns dann bei euch wegen der Formalitäten.«

Peter erreichten die beiden Jungen nicht auf seinem Handy. Das Gerät hatte den Poolbesuch offenbar nicht schadlos überstanden. Sie trafen ihn jedoch am Pick-up. Und nicht nur ihn.

»Da seid ihr ja wieder!«, rief ihnen Onkel Titus fröhlich zu, der immer noch auf dem Fahrersitz saß und ein Pflaster auf der Stirn hatte. »Na, dann erzählt mal! Habt ihr ihn gekriegt?«

»Guten Tag.« Justus musterte die junge, blonde Frau mit der roten Brille, die neben Onkel Titus an der offenen Fahrertür lehnte, mit skeptischen Blicken. »Hallo, Onkel Titus. Hi, Zweiter. Alles klar bei dir?«

»Ja, die Poolparty ist zu Ende. Erzähl ich euch nachher.« Peter war tropfnass, aber gut gelaunt, hatte eine Decke um die Schultern und einen dampfenden Becher in der Hand. Auch Onkel Titus trank aus einem Plastikbecher. »Und dank Mrs White wurden wir gut versorgt, während ihr ein nettes Spaziergängchen gemacht habt.« Der Zweite Detektiv hielt seinen Becher hoch und grinste. »Also was nun? Habt ihr den Kerl geschnappt?«

Justus nickte abwartend. »Ja, aber eins nach dem anderen. Mrs White?« Er sah die Frau neugierig an, die den Wagen umrundete und auf ihn und Bob zukam.

»Molly. Hallo, Jungs.« Sie gab beiden die Hand.

»Molly hat sich rührend um uns gekümmert, während ihr unterwegs wart«, sagte Onkel Titus. »Tee und Decke für Peter, Kaffee und Pflaster für den Weihnachtsmann.« Onkel Titus lachte. »Vielen Dank noch mal dafür, Molly.«

»Nichts zu danken, habe ich doch gerne getan.« Sie wandte sich wieder Justus und Bob zu. »Und ihr habt Emmett tatsächlich erwischt?«

»Emmett?« Bob blinzelte verwirrt.

Bei Justus machte es *klick*. Er erinnerte sich an den Eintrag im Internet, über den sie gestern gestolpert waren. »Emmett Loom? Molly White? Die Sache mit dem Urheberrechtsstreit? Und Mrs Olivia White …?«

»War meine Mutter«, setzte die junge Frau den Satz fort.

Bob schaute fragend auf den Beifahrersitz, wo er die andere Spieluhr entdeckte. »Und was hat das jetzt mit dieser Spieluhr … Wieso hat dieser Emmett …« Er schüttelte den Kopf. »Wie hängt das alles zusammen? Und warum waren Sie hinter uns her?«

Molly lachte. »Weil ich dachte, dass ihr die Bösen seid und mit Emmett unter einer Decke steckt. Aber Titus und Peter haben mich eines Besseren belehrt. Ihr seid meine Helden!«

»Und wieso dachten Sie, dass wir die Bösen sind?«

Molly deutete zu Bobs Käfer, der hinter dem Pick-up stand. »Habt ihr zufällig die andere Spieluhr dabei? Dann kann ich euch die ganze Sache besser erklären.«

»Ja, haben wir. Aber eine Frage zuvor: Wieso liegt diese zweite Spieluhr hier? Wieso hat sie der Elf nicht mitgenommen?«

»Weil sie hinten in irgendeinem Geschenkekarton eingepackt im Sack steckte«, erwiderte Onkel Titus. »Dieser Kerl wollte mit mir an einen ruhigen Ort fahren, wo er dann ungestört alles durchwühlen konnte. Aber dann tauchte auf einmal Peter auf und los ging die wilde Fahrt.«

»Verstehe.« Justus lief zum Käfer und holte die rot-weiße Spieldose aus dem Handschuhfach. »Die Walzen wurden vertauscht.« Er überreichte sie Molly.

»Und genau das war der Grund für das ganze Durcheinander.« Die junge Frau legte beide Spieluhren auf den Beifahrersitz des Pick-ups, öffnete sie und wechselte mit ein paar Handgriffen die beiden Walzen aus. Die Jungen schauten ihr dabei aufmerksam zu und sahen, wie die Walzen jetzt problemlos in ihre Vorrichtungen glitten. Dann nahm Molly die rot-weiße Spieluhr mit den beiden Engeln und drehte an der Kurbel. Eine Melodie erklang.

»*Next Christmas*?« Bob sah die Frau fragend an.

»*Next Christmas.*« Peter hätte sich am liebsten die Finger in die Ohren gesteckt.

»Genau. *Next Christmas.*« Molly öffnete die Spieluhr erneut und entnahm ihr die Walze. »Und jetzt lest bitte, was hier zwischen den Tonstiften ganz klein in die Walze eingraviert wurde.«

Justus kam näher und kniff die Augen zusammen. Die Buchstaben waren wirklich sehr klein. »*Next ... Christmas* – mein … Lied … für Mama … von … Molly. Und ein Datum.« Er sah auf. »*Next Christmas* – mein Lied für Mama von Molly?«

»Richtig. Dazu gibt es Fotos von Weihnachten vor sieben Jahren, auf denen zu sehen ist, wie ich meiner Mutter diese Spieluhr schenke.« Molly lächelte. »Und jetzt, die Herren Detektive, seid ihr dran.«

Justus brauchte nur wenige Augenblicke, um die Zusammenhänge zu verstehen. »Sie haben dieses Lied geschrieben, oder? Das Lied ist von Ihnen! Aber Emmett Loom hat seinerzeit den Urheberrechtsstreit gewonnen.«

»Und seitdem jede Menge Kohle eingesackt«, verstand Peter.

Molly seufzte. »Emmett und ich waren mal zusammen. Große Liebe und so.« Sie verzog das Gesicht. »Er hat für mich die Spieluhr gebastelt und die Widmung eingraviert und war auch an jenem Weihnachten dabei, als wir sie meiner Mum geschenkt haben. Dann ging die Beziehung in die Brüche und wenig später starb auch meine Mum.« Molly sah zu Boden und schluckte.

»War ’ne harte Zeit, oder?«, fragte Onkel Titus mitfühlend.

Molly wischte sich flüchtig über die Augen. »Kann man so sagen. Na ja.« Sie straffte sich und lächelte dünn. »Kurz danach wurde ein Freund von Emmett, der Musikproduzent ist, auf das Lied aufmerksam. Wie genau, weiß ich nicht. Vielleicht hat es Emmett vor sich hin gesungen oder gepfiffen. Keine Ahnung. Jedenfalls fand dieser Freund das Lied super und hat Emmett einen Vertrag angeboten.«

»Und Emmett hat ihm nicht gesagt, dass das Lied von Ihnen ist, stimmt’s?«, riet Bob.

»Nein, hat das Aas nicht. Und außer der Gravur in der Walze gab es keinen Beweis dafür, dass ich das Lied geschrieben habe. Keine Notenblätter, keinen Text, keine Hinterlegung bei einem Notar, nichts. Es war einfach nur ein Geschenk an meine Mum.«

»Und die Spieluhr?«, fragte Peter.

»War bei der Haushaltsauflösung nach dem Tod meiner Mutter irgendwohin verschwunden. Ich hatte damals wirklich keinen Kopf, mir um solche Dinge Gedanken zu machen. Ich wollte einfach nur alles möglichst schnell hinter mir lassen.«

»Verständlich«, meinte Justus. »Dann wurde das Lied zum Weihnachtshit, es kam zum Prozess und Mr Loom hatte die besseren Argumente.«

»Er hatte einen Vertrag!«, ätzte Molly. »Seit fast drei Jahren. Der Richter brauchte keine zwei Sekunden für die Entscheidung.«

»Ähm, wissen Sie in etwa, wie viel Geld dieser Emmett an dem Lied bis heute verdient hat?«, fragte Peter.

Molly zuckte die Schultern. »Etwa eine halbe Million Dollar.«

24. DEZEMBER

Mitarbeiter des Monats

»Eine ha–?« Peter versagte die Stimme. »Heiliger Bimbam!«

»Donner und Doria!«, entfuhr es Onkel Titus. »Das ist ein nettes Sümmchen.«

»Meine Flüche nach dem Urteil waren weit weniger jugendfrei«, sagte Molly.

»Aber das wird sich ja jetzt alles bestimmt klären.« Onkel Titus zerknüllte den leeren Becher und stopfte ihn in die Seitentür. »So. Ich muss weiter. Die Kinder warten.«

»Aber … du bist verletzt«, protestierte Justus und die anderen nickten ihm beipflichtend zu.

»Ach was. Das ist nur eine Schramme. Und der Pick-up hat es auch überlebt. Die Kinder freuen sich seit Tagen auf mich und ich will sie nicht enttäuschen.«

Onkel Titus ließ sich nicht aufhalten. Er bedankte sich noch einmal bei Molly, verabschiedete sich und düste davon.

Justus sah ihm sorgenvoll hinterher. »Der rechte Scheinwerfer ist auch kaputt.«

»Dein Onkel macht das schon.« Peter klopfte seinem Freund auf die Schulter. »Was meint ihr? Sollen wir noch bei Puckle vorbeisehen und ihm Bericht erstatten? Schließlich ist er unser Klient.«

Justus nickte. »Das machen wir.«

Molly wollte auch mit zu *Garcy's*. Die Spieluhr gehöre ja eigentlich dem Kaufhaus und sie wolle den Direktor fragen, ob sie sie behalten dürfe. Auf dem Weg hatten die drei Jungen dann noch die Idee, eine weitere Person abzuholen, die maßgeblich an dem Fall beteiligt gewesen war. Sie waren sich nicht sicher, ob sie ihn im Kino oder in der Kirche antreffen würden, und Puckle würde bestimmt nicht sonderlich erfreut sein. Aber so hätte man alle zusammen. Außer Emmett Loom.

Als die kleine Truppe dreißig Minuten später in Puckles Büro eintrat, schnappte der Kaufhausdirektor dann auch hörbar nach Luft. Denn von Matty hatten ihm die Jungen am Telefon nichts gesagt.

»Was macht der hier?« Puckle zeigte auf den Jungen, als wäre dieser ein scheußliches Insekt.

Matty grinste die drei ??? an. »Ihr hattet recht. Allein sein Gesicht ist den Besuch wert.«

Die drei Detektive beruhigten den Direktor, und zusammen mit Molly berichteten sie ihm von den vergangenen Ereignissen und davon, wie alles zusammenhing. Auch Matty durfte einige Details beisteuern und hatte seinen Spaß daran, dass Puckle ihn keine Sekunde aus den Augen ließ. Er beobachtete Matty sogar dabei, wie er sich die Kekse in den Mund schob, die Puckle zusammen mit einer großen Kanne Kakao hatte bringen lassen. Als wollte er sichergehen, dass der Kleine nicht den Teller klaute, auf dem die Kekse lagen.

Schließlich runzelte der Direktor die Stirn. »Das bedeutet, dass dieser Emmett Loom so lange mit seinem Schwindel durchkam, wie die Spieluhr verschwunden blieb.«

Molly nickte. »Ich hielt seit fünf Jahren die Augen nach ihr auf. Und Emmett tat sicher das Gleiche. Flohmärkte, Internet, Weihnachtsmärkte, Zeitung … Meine Hoffnungen waren zwar gering, dass ich die Uhr jemals wiederfinden würde, aber ich gab nicht auf. Und schließlich sah ich sie im Internet, wo sie von dem Weihnachtströdelladen zum Verkauf angeboten wurde. Nur sah ich sie leider viel zu spät. Der Besitzer, ein Mr Bigelow, hatte vergessen, die Seite zu aktualisieren. Die Uhr war einige Tage vorher an *Garcy's* verkauft worden.«

»Ich habe übrigens gestern noch mit meinem Einkäufer Mr Poletti gesprochen«, sagte Puckle. »Und er erzählte mir, dass da tatsächlich ein Mann war, der ihn bei dem Flohmarkt inständig gebeten hat, ihm die Spieluhr zu verkaufen. Poletti hatte ihm die Uhr offenbar direkt vor der Nase weggeschnappt und der Mann bot ihm viel Geld dafür. Aber Poletti fand den Mann sehr unsympathisch und außerdem eignete sich die Spieluhr hervorragend als Geschenk für die Kinder.«

Justus nickte. Damit klärte sich auch dieser Zusammenhang. Er wandte sich an Molly. »Und als Sie bei Bigelow waren, sind Sie auf uns aufmerksam geworden?«

»Ja, ich habe mitbekommen, wie ihr von der Spieluhr meiner

Mutter gesprochen habt, und wurde stutzig. Und ich habe gehört, dass sie ein gewisser Matty hatte.« Molly lächelte dem Kleinen zu, der sich noch einen Keks genehmigte und dann aufstand und durchs Büro schlenderte.

Puckle folgte jeder seiner Bewegungen mit Argusaugen. »Nichts anfassen, hörst du!«

»Jaja, schon klar.« Matty nickte ihm gnädig zu.

»Ich konnte auch hören, dass ihr euch ›Die drei ???‹ nennt, und habe so eure Adresse herausbekommen.«

Der dritte Detektiv zog die Augenbrauen zusammen. »Waren Sie das gestern Abend am Schrottplatz? Wir haben nur gemerkt, dass da jemand war, und dann gehört, wie dieser Jemand davonlief, als wir rauskamen.«

»Sorry.« Molly lächelte entschuldigend. »Da dachte ich ja noch, dass ihr in Emmetts Auftrag unterwegs seid, und wollte herausfinden, was ihr wisst.«

»Stell das sofort wieder hin, wo es war!«, platzte Puckle plötzlich heraus. »Sofort!«

Matty grinste und schob den gläsernen Briefbeschwerer in Form eines Papageis wieder an seinen Platz. »Wollte nur mal testen, ob Sie noch wach sind.«

»Setz dich! Dahin!« Puckle zeigte mit bebendem Zeigefinger auf den Stuhl neben dem Sofa.

Matty setzte sich demonstrativ auf das Sofa und schaute Puckle an, als könnte er kein Wässerchen trüben.

Der Direktor schnaubte. »So, also, dieser Loom. Den Rest habe ich verstanden. Er kam zu uns, hat beobachtet, in welches

Päckchen die Spieluhr kam, attackierte unseren Weihnachtsmann und dann habt ihr ihm das Handwerk gelegt.« Er nickte beifällig. »Gute Arbeit, Jungs, wirklich gute Arbeit. Und ich habe mir auch überlegt, wie ich euch dafür belohnen will.« Puckle stand auf, bedachte die drei Jungen mit einem gönnerhaften Blick und ging zum Schreibtisch. »Hier, das habe ich in weiser Voraussicht für euch anfertigen lassen. Ich spürte ja gleich, dass ihr euer Handwerk versteht, und habe keine Sekunde daran gezweifelt, dass ihr den Schurken zur Strecke bringt.«

Er überreichte den Jungen drei Papierbögen in einem matten Braunton. Dabei zerfloss sein Gesicht in Selbstzufriedenheit.

Peter drehte den Bogen um. »Mitarbeiter des Monats. Hiermit bescheinigen wir Mr Bob Andrews, dass er aufgrund seiner hervorragenden Arbeit im Dezember dieses Jahres zum Mitarbeiter des Monats gekürt wurde. Herzlichen Glückwunsch. Gezeichnet Balthasar Puckle, Geschäftsführender Direktor des Kaufhauses *Garcy's*.« Der Zweite Detektiv verzog das Gesicht und hoffte, dass es irgendwie nach einem Lächeln aussah. »Das ist deines, Bob. Danke sehr, Mr Puckle.«

»Ich hab deins, Just.« Bob gab Justus seine Urkunde.

»Und ich deine … Auszeichnung, Zweiter.« Justus reichte Peter dessen Bogen.

Puckle klatschte in die Hände. »Toll, oder? Was sagt ihr?« Er blickte begeistert von einem zum anderen. »Drei Mitarbeiter des Monats auf einmal. Das hatten wir noch nie.«

Die Jungen sahen sich schweigend an. Irgendeiner musste jetzt etwas sagen. Auch Molly schaute betreten zur Seite.

Da brach Matty in lautes Gelächter aus. »Das ist ja wirklich für'n Eimer, oder? Ihr riskiert Kopf und Kragen und bekommt dafür einen Stapel Altpapier. Super. Da weiß ich doch gleich wieder, warum ich was anderes mache.«

Puckle lief rot an. »Unverschämtheit! Das ist eine sehr bedeutende Anerkennung. Aber das verstehst du Rotzlöffel einfach nicht. Das wirst du nie verstehen. Und du verlässt jetzt auf der Stelle mein Büro. Sofort!« Puckle zeigte wütend zur Tür.

»Ich wollte sowieso gerade gehen. Die Kekse sind nämlich auch von vorletztem Weihnachten. Staubtrocken und hart wie Stein. Schönen Tag noch. Tschüss, ihr drei, macht's gut. Übrigens: Aus dem Papier lassen sich Eins-a-Papierflieger basteln. Bis dann, Miss Molly.« Matty tippte sich an die Stirn und verließ lachend das Büro.

»Papierflieger!«, keuchte Puckle. »Wie kann man nur so … ignorant sein?« Er bemühte sich wieder um Fassung, setzte ein hochnäsiges Lächeln auf. »Aber er ist ja noch ein Kind. Vielleicht lernt er das noch. Eines Tages.«

»So.« Molly legte ihre Hände auf die Knie und machte Anstalten, sich zu erheben. »Ich werde dann auch mal. Ich wollte Sie aber noch einmal fragen, Mr Puckle –«

»Ja, ja, die Sache mit der Spieluhr. Ich will mal nicht so sein.« Wieder dieses selbstgerechte Gegrinse. »Sie dürfen sie behalten. Ist ja Weihnachten. Haha.«

»Danke. Vielen Dank.« Molly stand auf.

»Wir müssen auch, Leute, oder?« Peter wollte weg hier. Puckles Gehabe ging ihm gehörig auf die Nerven.

Bob nickte. »Ja, meine Mutter wartet.«

»Dann wollen wir mal.« Justus erhob sich.

»Was zum –!«, stieß Puckle plötzlich hervor und starrte zum Schreibtisch. Er erbleichte. »Seht ihr das?«

»Was?«, fragte Peter.

Puckle atmete keuchend aus. »Oh nein! Dieser, dieser, dieser … Er hat den Briefbeschwerer mitgenommen! Er hat meinen Papagei gestohlen. SECURITY!«

Und während Puckle mit wehenden Haaren aus dem Büro stürmte, warfen sich die drei Jungen und Molly ein einvernehmliches Lächeln zu.